U0015526

百鬼夜行
百鬼夜行 卷2
水鬼
笭菁 著

百鬼夜行—卷2—水鬼

（※本故事內容純屬虛構，如有雷同，純屬巧合。）

目次

楔子

「看我找到什麼！」

孩子們輕脆歡樂的聲音此起彼落，一個年歲大一點的孩子手裡抓著某個蚌類，高高舉起炫耀般的對著小夥伴們。

「哇……」一群孩子跑過去看，只見男孩手裡是個與他手掌一般大的蚌類，上頭還散發著藍綠相間的光澤，「好大喔！」

「這個可以吃喔！等等可以拿來烤！」男孩吃過這玩意兒，鮮美多肉！

「我也要抓！」小夥伴們一哄而散，大家紛紛到附近去尋找著鮮美蚌類。

這是條相當寬敞的清澈河川，過去曾遭受過污染，但經過河川整治，現在已經變成一條有魚蝦悠游其中的乾淨河川了！

也因爲如此，總是有許多大人與孩子過來戲水，雖然大人總是交代，孩子們不可單獨下水，但孩子會聽才怪。

幾個小孩在河水的石頭下想翻找一樣大的蚌類，而且好多都僞裝得跟石頭一樣，眞不好辨認！孩子們越走越往河道中間去，一點兒都沒注意其實水量不少的河道。

「哇……」詹冠廷發現了在一顆石頭下有個超大的蚌類，比阿強剛剛找到的還大耶！

他按捺住興奮，小心翼翼的往前，那石頭距離他還有一段距離，而水似乎越來越深了，他有點害怕的往前，但只要踩得到底，他就不必怕對吧？

一路到那顆石頭邊，水位已經到他的腰間了，但還能站穩，所以詹冠廷便彎下腰來拾撿……嗯？他發現一旦要彎腰去撿，頭就會進入水裡耶！不過他只猶豫兩秒，深吸一口氣後，就彎身入水，搬開了那顆石頭，捧起了超大的蚌類！

喜出望外的才在笑著，突然意識到右手邊有東西漂過來。

詹冠廷朝右邊一瞥，是個男孩子，不是他們的小夥伴，是他不認識的人。

但孩子哪想到這麼多，他捧著他找到的大蚌殼朝男孩炫耀著，滿臉盡是得意姿態。

那個陌生男孩也跟著笑了起來，只是他的笑越咧越開，一路從嘴角裂到了耳下，然後裂到了後腦杓，所有的肉一片一片的剝了下來……

哇——詹冠廷嚇掉了手裡的蚌類，什麼都來不及想，那孩子倏地握住了他的右手，直接就往河中心拽了過去！

哇哇啊——詹冠廷掙扎的打著水花，小手浮出水面一秒，啪的引起附近小夥伴的注意。

「咦？」阿強聽到聲音回頭，卻什麼都沒看見，但漣漪陣陣不太對勁。

他飛快的環顧四周，看著小夥伴們的人數，怎麼看都覺得好像……少一個人，少了……

「詹冠廷？冠廷？」阿強突然扯開嗓子大吼著。

其他夥伴們東張西望，只有面面相覷，大家都在顧著找自己的貝類，根本沒人注意到誰跑到哪邊去了！

阿強沒有再思考，立刻順著剛剛水花的方向走過去！沒走幾步他就發現水越來越深，但是阿強是孩子群中最高最壯的，這點水位對他而言沒有什麼，但詹冠廷超小隻的，居然敢走到這裡！

大口深呼吸，阿強把頭伸入水裡想看看詹冠廷人在哪——

一隻手驀地抓住阿強的腳踝，頃刻間把他往水裡拖下去！

一樣是沒有慘叫聲，但所有人都看見了原本彎腰把頭泡進水裡的阿強，突然腳底一滑似的栽了進去！

「哇啊！」小朋友們都嚇到了，有機靈的幾個立刻往岸邊跑，「救命——有人掉下去了！救命！」

這一喊，讓其他孩子紛紛放棄手裡的蚌類，也跟著朝岸上跑去，朝著上頭慢跑運動的大人齊聲大喊。

「救命！我們同學掉下去了——」孩子們的叫聲又慌又哽咽，小手們紛紛指著看起來平靜的河面。

水裡的詹冠廷嚇得掙扎想往上游，但那泡水腐爛的男孩緊緊握著他的手往深處拖，另一邊的阿強更是嚇到抓狂的拼命往上游，但是腳上的手卻一個勁兒的朝下沉，他越用力，卻越是掙不開。

肺部的空氣沒了，阿強痛苦的開始抽搐，河底越來越黑，但是他卻看見了好多好多人，蒼白著一張臉，用一種羨慕的眼神看著他……

『好羨慕啊……』

『眞好，抓到了呢……』

抓到了呢！

百鬼夜行
第一章
誕生日

月光灑落在靜謐的水面，微風吹拂，倒影起漣漪陣陣，而水面之下，漂盪著好幾個浮腫的亡者，空洞的眼神、面無表情的待在水下，期待著河邊嘻鬧的情侶們能下水玩玩。

只要他們能下水，所有水鬼都有機會把他們拖到水底深處，完成抓交替的讓自己得以上岸。

但是前不久的男童溺斃案後，大家對這條該是平靜的河川有了戒心，加上新聞熱度未減，人們對這件事尚未淡忘，所以最近反而很少人會下來玩水，蟄伏的水鬼們跟著相當失落。

新來的胖小子還沒醒過來，靈體在河中漂來漂去，他希望他漂遠一點，小孩子醒來時，一般都很難意識到自己已經死了，情緒會相當激動……很吵。

「生日快樂……」

一個微禿頭的男生漂了過來，面容枯槁的他總是帶著悲傷的神情，無論喜怒哀樂，看起來都像在哭；男孩認得他，因爲他們在這條河裡也都很久很久了，這個微禿少年很愛待在橋下聽車聲，大家都不記得生前的事，所以他都叫他「車子」。

「謝謝。」清秀的少年微微一笑，「居然有人還記得！」

「這幾年大家都拼命的抓交替離開，剩下的老人不多了。」微禿男悽楚的笑著，「但我依舊記得只有你可以以完整的靈體上岸，每年的今天，都會披上以水面倒映之景色做成的衣服。」

多令人羨慕啊！這個被河妖特別關照的男孩，平平都是亡靈，爲什麼他就能如此得天獨厚呢？

清秀少年不知道該如何回應，因爲他的確是難得溺死卻能全然離開水裡的水鬼。

而每年的今天，乾媽都會給他一件新衣服，端看今夜倒映在河面上的景色是什麼，他就會穿上以倒映景色織成的外衣。

「想要什麼嗎？我帶回來給你！」都是老朋友了。

微禿男搖搖頭，「我現在這樣子，很好。」

他露出心滿意足的笑容，儘管眉宇之間依舊帶著悲傷，但卻刹地一下化成水，融入了河水當中。

時間快到了，他得走了……看著水面的波光粼粼，只怕今晚的衣服會有點浮誇的閃閃發亮了。

少年開始朝著岸邊走去，許多水鬼紛紛看著他詭異的動作，新來的人急忙的跟上，上岸是他們始終做不到的事情，他們以爲男孩又是下一個嘗試者，紛紛想效法。

一票水鬼一道兒朝河岸上走去，離開水面的男孩身上不見任何腐爛，離開水後身上開始滴水，滴下的水卻瞬間成了一件銀藍色的衣服，衣上還繡有銀線，銀光閃閃。

男孩完全走上了陸地，穿上深藍色的鞋子，仔細觀察自己今天穿的衣服，又是浮誇的燕尾服。

「我就想要普通一點的衣服就好了吧！」他對著水裡抱怨著，但那是種無奈的抱怨，乾媽的喜好本來就很奇怪。

雙腳踏了幾步，繼續往前走去……噢噢，他差點忘記跟他上岸的水鬼們，回眸一瞧，有人連上半身都離不開水裡，就無法再前進了，資深的只差一點點就要踏上岸邊石頭，卻無論如何都無法再跨出一步。

「爲什麼……爲什麼你可以？」水鬼大叔不可思議的凝視著他，接著他開始「融化」的化成無數道水，融進了河川中。

九點，黑暗遠方傳來了鐘聲，男孩遙望著鐘聲的方向，綻開了愉快的笑容，快步的朝著遠方而去。

「百鬼夜行」開門了！

R區是首都最繁華的地帶，在這條「寧靜街」上，清一色全是酒吧夜店，各種風格應有盡有，總是白天寂寥，夜晚聲色犬馬，熱鬧非凡；間有部分咖啡廳與餐廳，也全都是星級品質！已經不記得是從何時開始成爲酒吧聚集區，但是這兒的夜店一點兒都不俗，還有著自己的規矩。

寧靜街整條馬路是刻意復古的石板子路，所有夜店及餐廳從裝飾、服務、餐點與酒，均各具特色，讓顧客不管到哪間酒吧，都能有新鮮感；而以寧靜街爲主旁邊側分的巷弄內便是比較平易近人的小酒店，以距離分，越遠則越是龍蛇混雜。

而寧靜街最知名的夜店，要屬位於街尾最末端、那個只要一踏上寧靜街，便能看見那棟如城堡般的建築物、傳統上所謂路衝的夜店「百鬼夜行」！

一棟三層樓的透天厝，表面用木板裝潢成古堡模樣，整整三樓的牆面上有許多詭異的雕像，囊括各類妖魔鬼怪，中間也有設置凸出的橫桿，上頭是倒掛蝙蝠的雕像。

整棟樓閃爍著陰森的光芒，大門還是張血盆大口的形狀，上方是染血的尖牙，而這大嘴上頭，掛著的卻是中國風的破敗牌匾，清楚的寫著「百鬼夜行」四個大字。

少年從容的在夜店街走著，清秀的外貌看上去年紀甚小，怎麼看都是未成年，附近夜店的保鑣只是瞥了他幾眼，未成年是不能進夜店的。

但少年不以爲意的一路走到了路底，來到黑幢幢的城堡所在，外頭紅毯上依然大排長龍，許多年輕男女都想進入「百鬼夜行」的夜店中，可惜包廂已滿，場內也客滿，所以在有人離店前，保鑣都不會放行。

但這仍無法澆熄大家的熱情，每個人都裝扮成各式鬼怪，都想獲得第一輪免費的酒，甚至是子時的扮裝第一名大獎。

少年沒有排隊，而是直接站在血盆大口的大門前，右手邊那列長長的隊伍中，有幾個瞄向他，對著他身上那套很浮誇還閃著銀光的燕尾服交頭接耳：不是進「百鬼夜行」要扮鬼嗎？穿這樣子是發生什麼事了？

門口的保鑣留意到他了。

「請進。」保鑣站到左方，禮貌的請他進入。

「咦？」排隊在前頭的人開始起鬨，「爲什麼他可以進去？」

「欸，他是VIP嗎？」

「還是孩子吧！怎麼看都未成年好嗎！」

所有人觀察著少年，他甚至沒有握著手機準備刷入場票，是什麼厲害的人物嗎？

少年只是淺笑，向保鑣道謝後走進了「百鬼夜行」裡。

眞有趣，他怎麼會是什麼VIP！其實只要不是人類，就不需要排隊了。

黑紅金色爲「百鬼夜行」的主調，一般客人可拿手機QR CODE朝門口的機器掃瞄入場劵，嚮聲通過便可走進那張製造成血盆大口的大門。

通過血盆大口後，就是鮮肉版的接待員了。

接待員會在人類右手扣住了金色的手環爲通行證明，最好不要遺失，不是人類的話……

「歡迎光臨百鬼夜行！」門口還是熟悉的花美男正太，「噢，天哪！明翰，生日快樂！」

「謝謝小淘！」明翰喜出望外，「你們眞的都記得耶！我的天哪！」

「怎麼可能不記得，都十年了吧！」正太吸血鬼還是照慣例爲他在左手套上銀色的手環，「大家都在等你喔！」

引領客人進入位子的一般都是青面鬼，但明翰才在調整手環，一抬頭，看見的卻是削瘦且西裝筆挺的夜店經理，拉彌亞。

「姐姐！」明翰開心的上前，張開雙臂就是一個擁抱。

拉彌亞也回以深擁，再溫柔的捧著他的臉，撫過他的短髮，看著這個每年都在成長的男孩。

「你是不是又長高了點？」拉彌亞其實是肯定句，「更成熟了些？」

「是嗎？我快要脫離幼齒了！」明翰挑了挑眉，他其實希望快點長大的。

「你的專屬包廂早就為你保留了，要先進包廂，還是——」拉彌亞轉身，準備領著他進入。

「當然先跟大家見個面囉！」他迫不及待，好久不見「百鬼夜行」裡的大家。

兩位接待員身後是扇鏤空的大隔板，兩位接待員分站左右，以利將人流分流成兩邊，不管左轉或右轉進去，都會遇到青面獠牙的青面鬼們引路。

裡頭氣氛正狂，燈光昏暗，舞池興奮，明翰朝舞台上看去，今晚的ＤＪ果然不同凡響，那可是「百鬼夜行」的王牌ＤＪ！

「唷！下面這一首，給我們今天的壽星——」ＤＪ突然手指天際，再倏地指向了正在人群中穿梭的他。

明翰微微頷首，表示欣然接受，接著ＤＪ來了一首搖滾版的生日快樂歌。

全場跟著歡唱跳舞，拉彌亞帶著他坐到吧台的角落，吧台裡俊美的Bartender正用迷人性感的微笑，與吧台邊的男男女女調著情。

「今天滿月嗎？」冷不防的，穿著和服的雪白女人來到他身側，她的雪白不只是衣服，也包括了蒼白的臉，「你今天穿得眞亮眼。」

明翰一臉無奈，「別鬧了，我知道妳在說很俗，雪姬！」

「其實還好，月色如此，只是不要老穿這種燕尾服就會好得多。」雪姬遲疑著，「河妖不知道世界上有運動服這種東西嗎？」

「眞的穿運動服我可能也進不來！」明翰打趣的反問，進「百鬼夜行」，誰能不盛裝？

俊美無雙的Bartender早瞄到了他，立刻準備爲壽星調酒，每一年只要到這裡，Bartender都會爲他調一杯獨一無二、適合他現在氣質與味道的專屬生日調酒。

背後的生日快樂歌奏完，現場又開始陷入狂歡之中，人們完全聽不見彼此的說話聲，但跳舞喝酒好不暢快。

拉彌亞很快的送上甜點，接著Bartender呈上了一杯深藍色的調酒。

「今年爲你獻上的是成年的憂鬱，明亮的月光也遮不去你眉宇間的憂愁，我們的明翰開始要有煩惱了。」外國人模樣的Bartender笑得頗有含意，「生日快樂。」

「噢，德古拉！」明翰只能搖著頭，「你也太敏銳了，這樣都看得出來！」

呃……很明顯啊！拉彌亞維持淺笑，其實明翰這幾年每次來，每次都顯得更不快樂，跟第一次上岸時的興奮天眞已經相去甚遠了。

「有什麼煩惱都可以聊聊……」德古拉趨前低語，「不過得等我空閒一些……我的天！拉彌亞，是不能叫那該死的狼人聲音小一點嗎？」

嗯，拉彌亞皺起眉，「客人很喜歡啊！」

不見全場歡聲雷動，都是衝著「百鬼夜行」最有名的ＤＪ狼人來的啊！

但狼人與吸血鬼不對盤，也不是在「百鬼夜行」裡才有的事，這兩大族互相討厭幾世紀了，她連調停都懶了。

純粹，看對方不順眼就是了。

「棠棠今天爲了你排休喔，等等就下來了。」拉彌亞附耳，「先帶你去包廂吧，安靜些？」

「好啊！」聽見厲心棠的名字，明翰雙眼一亮，「等等先給我上兩批試管酒。」

拉彌亞沉吟兩秒，還是點了頭，這孩子今天怎麼還沒吃東西就要先灌酒啊……是前幾天河裡的事情影響到他了嗎？

明翰是特殊的客人，他是一名水鬼，十年前在那條河裡溺斃的亡者，正確死因沒有人知道，老大也不許大家提起或是窺探，只是現在他就叫明翰，如此看待他就好了。

明翰死亡時確切幾歲無人知曉，因爲河妖第一次帶他來「百鬼夜行」玩時，看起來就是青少年的模樣；每一年他溺死的日子，便是「誕生日」，河妖說是他重生的日子，因此都要慶祝一番。

明翰的靈魂很特別，他會長大，如活人般一年一年的成長，或許身體只是長高變壯，但那雙眼絕對看得出來成熟許多，談吐就更別說了，他總是在河底與各個水鬼對話，認識了無數水鬼，吸收不同地區的知識與文化，比正常人類都早熟許多。

死亡後還能夠長大的靈魂非常少見，而能從水裡上岸的水鬼更罕見，這一切都是有河妖的庇蔭。

DJ休息時段，一身肌肉的男人走下舞台，許多女孩紛紛投以尖叫，這狼人裝扮簡直酷斃了，壯碩的胸肌更是看得女孩們如痴如醉。

「渴死了！」他來到吧台邊，朝著德古拉喊著。

德古拉完全不想理他，還是拉彌亞先遞上了水，順道給了德古拉一記白眼。

「大家是同事。」這句話只要狼人到店裡，她一晚上要說幾百遍。

「嗯。」德古拉只會應聲，但從來不會有任何動作。

此時店的後方探頭而出女孩的身影，狼人鼻尖努努，一秒嗅到氣味，立即起身往後場的員工門去。

「棠棠！」

「哇——」厲心棠一出門就撞上一堵比牆還硬的身體，撫著鼻尖連連後退，「痛痛痛……小狼！你不能站這麼近啦！」

狼人一臉無辜，「我是要給妳驚喜啊……」

「店裡吵成這樣，我一定知道你來了啊！」女孩堆滿微笑，用力環抱住他，「好久不見！」

厲心棠是個正常人類女孩，百分之百的人類，就這身高抱著狼人時，也只到他肚皮而已。

「好久不見！」狼人開心的低頭，看著這可愛的人類女孩。

「我很想多陪陪你，但今天是明翰的生日。」厲心棠昂起頭，像求一個諒解，「我得去陪他！」

「噢……我難得來這裡呢！」狼人一臉失望，基本上他只有月圓之夜這幾天，才會到「百鬼夜行」當DJ。

因爲這幾天他可以盡情的以眞面目現身，而不會引起任何人的側目，至於那嗜血肉的衝動，都在「百鬼夜行」老闆的力量下得以被壓制。

「明天嘛，明天十六，月亮還是圓的啊！」厲心棠撒嬌般的說著，「你知道明翰一年才上岸一次的。」

唉！狼人一副無可奈何的模樣，事實上他從沒想刁難過誰，今天是水鬼的日子，大家都知道。

明翰一進入包廂時，就看到了堆滿整間的禮物，全是「百鬼夜行」裡所有員工贈送的……當然必須說個人喜好不同，像狼人送了一整盒血淋淋的鮮肉，他覺得這禮物早晚得還他。

「棠棠！」德古拉在吧台裡喊著，她就近上了高腳椅湊前，「明翰今天情緒不好，妳要留意點。」

「咦？生日還不好？」厲心棠啊了聲，「是不是之前的孩童溺水案？」

德古拉點點頭，「只能這麼猜了。」

唉呀！厲心棠咬了咬唇，那實在是很難說明的情況。

她是生活在「百鬼夜行」裡的人類，嚴格說起來是在這兒長大的！這裡所有的員工都不是人類，各路妖魔鬼怪或魍魎鬼魅，但她是他們養育大的，尤其親如父母的是「百鬼夜行」的老闆情侶檔，他們不常在店裡，這一陣子不知道又跑哪兒去混了。

總之，她不怕所謂的魔鬼妖物，因爲她從小生活到大面對的都是這些族類……明翰更是陪她一起長大的「玩伴」，雖爲水鬼，但人好得不得了，還從來不想抓交替。

因爲他很滿意現在的生活，河妖也對他極好，讓明翰覺得當一個水鬼很幸福……只是，他如果安於現狀那就好了。

兩個星期前，有一票小孩子到河邊玩耍，讓水鬼們抓準了機會抓交替，將孩子們拖到了河底下。

結果，明翰出手了！他不想抓交替，卻妨礙了其他水鬼抓交替，純粹救了其中一個男孩——這犯了大忌。

「哈囉！生、日、快、樂——」簾子一掀，厲心棠開心登場！

沒有想像熱情或是興奮，取而代之的是喝得一臉茫然的明翰，抬頭望著她，然後，「噢」的一聲。

不好。厲心棠看著滿地的禮物，明翰居然一個都沒拆，倒是試管酒喝完就算了，他現在居然在灌伏特加了……也喝太多了吧！

「你是水鬼不是酒鬼啊，大哥！」厲心棠趕忙抓過他的酒瓶，「河妖姨要是知道我們讓你喝成這樣會生氣的！」

「我要喝！」明翰推開她，「只有上岸時我才能這樣盡情喝酒，妳別吵我！」

「明翰！」厲心棠有些氣急敗壞，「你幹嘛這樣啦！生日要開開心心的啊，你爲什麼像是來喝悶酒的？」

「開開心心？」明翰悲傷的看著她，「鬼的生日有什麼好開心的！」

「爲什麼不！誕生日就是誕生日啊，你在河裡不是生活得很開心嗎？」厲心棠不明所以，「德古拉每年生日都要回到出生國去大肆慶祝，他一輩子都不會忘記他生日的事耶！」

明翰看著她清澈的眼眸，「妳有問過他怎麼慶祝嗎？」

「嗯？不就是辦趴替跟喝酒狂歡！」在這群瘋狂的妖魔鬼怪教育下，她的世界永遠是吵死人的熱鬧啊。

「哼……哼哼……」明翰冷笑著，眞的是單純善良的人類啊，棠棠什麼都不知道。

是因爲她不需要知道。

厲心棠關切的看著這個水鬼，明翰並不可怕，他在「百鬼夜行」裡不會是那種浮水屍的腐爛模樣，每次都是光鮮亮麗……呃，看他今天這身浮誇的裝扮，果然是滿月。

十歲起他們就認識了，雖然明翰之前看起來比她大，但是現在是她看起來變姐姐了；其實靈體通常不會長大，但靈魂會變成熟，過去偶爾都會去河邊找他聊天，他們當了十年的朋友，自然知道他的個性。

敏感纖細，討人喜歡、但是有些多愁善感。

「是因爲兩週前的事嗎？」厲心棠還是問了，她覺得該爲朋友排憂，「你救了那個男孩。」

明翰一顫身子，這其實是他避而不想談的話題。

那天有兩個孩子被拖進河裡，他聽見了聲嘶力竭的慘叫聲，那是靈魂發出的聲音，小小的孩子在彌留之際，靈魂脫體大喊著救命——我不想死！我眞的不想死！

他衝過去，打走了那個只差一步就抓交替成功的水鬼，將男孩救了起來。

「……是我錯了，我們不該妨礙他人抓交替的。」明翰已經爲此付出代價，「我承諾會儘速替他抓到下一個人的，而且必須由我親自執行，抓給他。」

「人是你放走的，理所當然。」厲心棠緩緩的說，「只是……你在河裡十年，不是不知道規矩，你沒這樣失控過，爲什麼？你永遠都是溫柔的大男生，爲什麼今天一進門就灌酒？」

明翰沒有回答，可豆大的淚一滴滴往地上落去。

花靈才端著餐點要進來，門口的拉彌亞示意誰都不要靠近這包廂，幫助朋友排憂解難，也可以說是「百鬼夜行」的服務之一。

子時之後陰界大開，眾鬼便可進入「百鬼夜行」，「百鬼夜行」裡可是有著爲各個魍魎鬼魅服務的項目。

「……我十歲了，棠棠。」明翰哽咽的開了口，「但我連我是誰？我怎麼死的，我都不知道……」

呃，厲心棠愣住了，她呆呆的看著明翰，認眞的嗎？

「不是啊，你一開始就知道你不記得生前的事了啊！」厲心棠非常錯愕，「我記得你自己說過不必想起沒關係，你喜歡現在的生活！」

「那是我一歲時說的！」明翰猛然站起，厲心棠有點嚇到的縮上沙發，「我知道是溺死，但劇大的痛苦讓我忘記爲什麼而死，這在亡靈中非常常見，一般能想起的人都是懷抱強大執念、或是極其理智的人……我當時覺得水鬼世界好玩，我當然不在意，可是——」

她懂，厲心棠點頭如搗蒜，上個月「百鬼夜行」才來了一位吊死鬼，她也是不記得自己是誰、怎麼死的，只知道自己是被人所殺害，所以來到店裡，希望他們可以幫她找出她的身世，還有凶手是誰。

「你不要跟我說時間久了，你開始想要尋找你的根了。」厲心棠眞的不信，「去年你也沒這樣講，你一定是——發生了什麼事？」

明翰站在一旁，淚眼汪汪的看著厲心棠，蹙起的眉頭有懊悔與無力。

「我說妳是人，爲什麼有時觀察力這麼好？」明翰嘆口氣，開始不耐煩的焦躁起來，「對，我想起來了。」

咦咦咦？厲心棠雙眼一亮，直接跪坐上了沙發。

「你想起你怎麼死的了？」

「我是水鬼，你覺得我需要想起我怎麼死的嗎？」明翰沒好氣的唸著，「我救的那個男孩在吶喊時，我想起了我也曾這樣喊過——只是那時我看到的是乾媽！」

「喔喔……天哪！你臨死前的回憶嗎？」厲心棠忍住想上揚的嘴角，腦子裡想的是生意來了生意來了！「憶起多少？」

「我不想死，我也是眞心的不想死，覺得靈魂被撕扯的痛，還有深切的恐懼，比那天的小男孩還嚴重。」明翰一股腦兒地全說了，「更可怕的是，我覺得有人不想我活著。」

厲心棠轉著眼珠子，「那個人可以不必擔心了！」他死十年了啊！

「不，妳不懂，那是一種感覺……」明翰突然跌坐下來，「我的痛苦與掙扎是我不好意思跟妳開口──妳是不是上個月，幫一個吊死鬼調查她的生前？」

厲心棠揚起了微笑，用力的點了頭。

「乾媽對我這樣好，我也答應過她會永遠陪在她身邊的。」明翰愼重的說，「但我還是想知道，當年爲什麼我會溺死。」

「你知道，百鬼夜行的規矩。」厲心棠小小聲的說著。

「我知道，不干涉人界事務。」明翰早打聽過了，「但妳是人類，所以上次是妳出馬。」

厲心棠喜出望外的挪下沙發，突然換上一副專業姿態，完全模仿拉彌亞，

「這位先生，請您稍等！」

禮貌的鞠躬行禮，厲心棠閃身掀開簾子走了出去。

明翰坐在沙發上，看著轉身走出的身影，端起未竟的酒一口飲盡，「裝什麼啊！」

才離開包廂，一本紅絲絨本子就擱在她身上，攔住她的去向，厲心棠看著拉彌亞準備好的契約，撒嬌般的瞅著她。

「拉彌亞姐人最好了。」

「別諂媚，我只負責幫妳準備合約——其他的事我一概不知。」拉彌亞提醒著，「河妖跟明翰的承諾，妳別忘。」

「我沒忘，我只是幫明翰找到當年他為什麼溺死而已啊！」厲心棠聳了聳肩，「水鬼要離開，必須得抓交替對吧！他只要不抓，就是遵守了跟河妖姨的承諾啊！」

拉彌亞沒說話，只是轉身離開，她什麼都不知道，得把責任甩得一乾二淨才可以！

厲心棠愉快的回到包廂，明翰擰著眉看向她手上的本子。

「我剛已經點過菜了。」

只見厲心棠好整以暇的打開本子，裡面是密密麻麻的合約。

「我努力幫你尋找你是誰、找出你爲什麼溺斃的主因，但不管你是失足或是他殺，這段期間你不能殺生，也不能抓交替。」厲心棠仔細的說著，而從她口中說出來的每個字，都同步出現在契約上。

明翰詫異的看著面前的合約本，還一式兩份，非常正式，雖然上面寫的是厲心棠的名字，但紙張上的浮水印卻是「百鬼夜行」。

有「百鬼夜行」擔保，他沒什麼好擔心的。

而且，他強烈的想知道，當年他究竟發生了什麼事。

「這些事不會影響到我喜歡乾媽，或是當一個水鬼的心情。」明翰咬破了手指，直接往合約上捺章，「我只是想知道，我變成現在之前……究竟是什麼樣的人。」

厲心棠沒有水鬼這麼霸氣，抽起合約本中間的小刀子，在姆指上也劃了一刀……嗚，這種案子要是太多，她的手指會不會都是疤痕啊？

「我相信你不會變喔！」厲心棠囁嚅的說，「上次那個吊死鬼很可怕，後來都變成厲鬼，嚇死我了。」

明翰失聲而笑，「妳會怕？妳是在這些傢伙間長大的人耶！」

厲心棠搖了搖頭，明翰不懂的，她遇到的鬼怪亡靈們，都比人單純太多了。

「嗯……這行是什麼？」明翰蓋完章，才發現合約最下方有一條，「……可以獲得幾點？」

「喔，這是某種交換條件啦！」厲心棠尷尬的笑，「上次還有個男生會幫我，如果成功了，他就可以擁有把有困難的亡靈，引來百鬼夜行的機會。」

嗯……明翰有點困惑，不太能理解。

唉呀，厲心棠遲疑幾秒，闕擎很厲害耶，上次多虧他幫了好多忙，不然只有她一個應該早就死透了……但上次吊死鬼的事件後，他獲得十五次把纏上他的亡靈引到「百鬼夜行」來的機會，應該沒用這麼快吧。

打電話給他？他一定不會理她的啦！

「打擾了。」門外傳來花靈的聲音，簾子主動掀開，兩托盤佳餚送了進來，「店內招待壽星。」

「謝謝！」明翰恢復正常許多，厲心棠也可以感受到他開啓委託後，心情變得開朗，「那我還想要更多的酒。」

花靈點點頭，端上的餐點滿滿都是肉，明翰就更開心了。

「太棒了，好久沒吃肉了！」明翰眞心的笑了起來，抓起一根雞腿就啃。

「我們如果再上海鮮給你，你大概會翻桌吧！」花靈咯咯笑了起來，明翰露出一個眼神死的模樣。

河裡什麼沒有？他一點都不想再吃海鮮。

其實水鬼哪會餓！這只是解饞罷了。

「你怎麼都沒拆禮物？」花靈臨出門前，有點失落的看著滿地滿牆的禮物。

「啊，我等等拆！我等等一個個拆。」明翰趕緊解釋，「棠棠陪我一起吧！」

「好哇！」厲心棠抱起合約，「我先把東西歸檔，立刻陪你拆禮物。」

「好！花靈，我還要酒喔！」明翰沒忘記。

花靈點點頭，明翰今天眞的喝太多了，但上頭有交代，每逢明翰生日這天，有求必應！這也是河妖的願望。

厲心棠將合約本主動交給拉彌亞，拉彌亞第一時間翻開來檢查，確定無誤後便收了起來。

「我等等陪明翰一起，也幫我弄些吃的吧！」她說著，順道轉頭看德古拉。

「我會幫妳調特製可樂。」德古拉的聲音是直接進入她腦子的，厲心棠泛起幸福的微笑。

「對了，最近有亡者是闕擎介紹過來的嗎？」厲心棠小心翼翼的問著拉彌亞，「我想知道他還剩幾次機會。」

「噢，有兩個。」拉彌亞記得很清楚，那個男生是看得見的傢伙，遇到甩不掉的亡靈纏身時，他就會報上「百鬼夜行」的名號，告訴亡靈這裡可以協助他們。

「嗄？才兩個喔！」厲心棠哀嚎著，這樣還有十三個，趕不及明翰的案子啊！她碎碎唸著走回包廂，當初是她自己想要接觸這種事務！就要撐下去！

「百鬼夜行」只負責引路，與各界協調或是幫他們往超渡路上走，但不會告訴他們誰殺了誰，甚至也不會幫任何一個亡靈圓夢。

整間「百鬼夜行」裡每個人都有能力，就她這個人類最沒用了！但未來她也想做一個能幫助亡者前往來生之路的人、或是引導精怪們安穩生活，所以很多事她必須親自體驗。

偏偏「百鬼夜行」不介入人類命運，這點她難以苟同。

從以前她就想試著幫助迷途的亡者，但每每被阻止，不過成年後叔叔好不容易應允，她上個月也接了第一個案子……雖然一開始沒算到闕擎的存在！

與闕擎相識是陰錯陽差，他不但看得見亡靈，而且還能對亡者催眠，數次救了她。

上次跟闕擎合作也是特例，他不想被亡者纏身，而她需要他的協助，大家才簽了合約，他換到十五次機會，可以將麻煩的亡靈引到這裡來，可是……一個月只用兩次，闕擎眞的很宅耶！他不出門，亡靈要怎麼纏上他啊？

哎喲喂呀，如果有他幫忙，不是事半功倍嗎！不管！厲心棠暗暗握拳，臉皮要厚！她今晚要打電話給他！

美麗的特調可樂擺上托盤，雪姬準時抵達，輕觸杯體，調酒即刻成冰，身爲服務人員在夜店裡滿場跑，他們也都很快都知道明翰的事。

「明翰好端端的怎麼會想知道自己的過往？」她好奇的說。

「這難說，當水鬼十年了，或許眞想知道自己生前怎麼了。」拉彌亞沉吟著，「我擔心的是……這燙手山芋碰不得。」

「但老大說了，上次棠棠接了吊死鬼案子後，風聲一定會傳出去，他們必須放手讓棠棠一個人闖，不管出什麼事，她必須自己扛。」雪姬也沒忘記交代。

大家的確可以一直保護她，但不能這麼做。

「讓棠棠接這單好嗎？」狼人果然眉頭深鎖，「喂，尖牙的。」

「我也覺得不妥。」德古拉應和，他們難得意見相合，「我記得老大提過，明翰不能碰。」

「那是我們不能碰。」拉彌亞將德古拉遞上的馬丁尼一飲而盡，「但棠棠碰得碰不得，那就兩說了。」

「那個小子不是有能力嗎?上次幫了棠棠不少忙？」德古拉即刻想起闕擎，「不太簡單的傢伙。」

「那小子是有目的才幫棠棠的，一切都是爲了擺脫亡者纏身。」花靈也趁隙擠到吧台角落聊八卦，「至今也才用兩次，他要用光次數才會考慮過來吧?」

咚!巨大拳頭往桌上一擊，水晶玻璃出現裂痕，德古拉瞬間紅了雙眼，殺氣騰騰。

「那就讓他把次數用完啊!」狼人咧嘴而笑，露出滿嘴尖牙。

「什麼?」拉彌亞怔住了。

「一次叫幾百個亡靈去纏他不就好了!」

第二章 水鬼的委託

黑店！詐欺！不要臉！「百鬼夜行」是全世界最爛的店！

闕擎氣急敗壞的騎著腳踏車在馬路上狂飆，速度飛快的高速轉彎，他的怒氣值與速度絕對成正比！

車子終於拐進夜店一條街的寧靜街，天色將亮，許多夜店都要休息了，現在路上都是醉得不省人事的酒客們，三三兩兩的從各家夜店裡走出，連站都站不穩當。

服務人員總是微笑的跟客人再見，然後閃進店裡，真的沒人管你喝多醉或是在路邊被撿屍，大家都是成年人了，自己做的事自己負責。

閃過一堆醉漢，闕擎的腳踏車發出刺耳的煞車聲，總算來到寧靜街尾，那在白天依然帶著詭譎風格的知名夜店，「百鬼夜行」。

他覺得自己都氣到快中風了！

大門已閉，剩下的客人自側門被請出，看見門一開，闕擎握著龍頭的手更緊了。

「謝謝光臨，請小心慢走。」中性的嗓音來自他熟悉的夜店經理，西裝筆挺的拉彌亞恭敬的送走連站都有問題的幾個女孩。

在闕擎眼裡，這位夜店經理人如其名，拉彌亞，半人半蛇，正是傳說的那位，她是「百鬼夜行」的經理，老闆情侶檔不在時，唯她地位最高，那拖地的長馬尾其實是蛇尾，正在地上挪動得沙沙作響。

「謝謝喔！」一票女孩笑得痴呆，瞥到在旁的闞擎，還訕笑著，「關門了喔！你來太晚了啦！」

闞擎懶得理她們，逕自別過了頭，萬年不摘下的黑色耳機依然罩著耳朵，全身穿著黑色的外套與長褲，過長的前髮幾要遮住雙眼，是個顏值相當具水準上的男人。

哥德神祕風，帶著點酷帥，精緻的五官，憂鬱又帶點混血兒的味道，如果畫上粗黑眼線，更能迷倒眾人。

拉彌亞沒有關門，她當然注意到闞擎來了，他們只是等踉蹌的客人走得較遠時，她才揚起職業笑容。

「唷！好久不見，人來就好，不必帶這麼多鬼吧？」

這麼多……闞擎緩緩的回過頭，在他的身後，有數十位從四面八方來求助的亡者，緊追著他不放！

『幫幫我……』

『你去哪裡啊，我恨那個人……幫我殺了他！』

『我先來的……』

普通亡靈、或是滿懷怨恨的怨鬼，都在他昨天出去買宵夜的路上蜂湧而至，嚇得他連炸雞排都必須放棄，簡直是爬回家的！

他的門窗都有重重的結界符紙佛印防護，但這群鬼還是在外面鬼哭神號了一整夜！

「這一定你們搞的！一口氣派幾十隻來纏我，害我一晚上就用光了次數！用光了還不消停，他們完全不走！」闕擎氣急敗壞的大吼，「你們到底想怎樣？」

「哎呀，這是不是有什麼誤會呢？」拉彌亞平靜的看著他，「可能是你的吸引力太大了，所以才引得亡者們的……」

「我問過了！」闕擎回頭隨便一指，「他們說——是有人叫他們來找我的！」

嘖！拉彌亞沉下了臉色，幾個亡靈心虛的別過頭去，他們原本可以守口如瓶的，但不知道怎麼回事，就這麼胡里胡塗的說出來了！

「都來了，進來坐吧！」拉彌亞大開側門。

「我不要！請你們把這些鬼弄走，我一整晚沒有睡，我——哇！」

說時遲那時快，拉彌亞的蛇尾倏地從後頭竄出，二話不說捲住闕擎，立即往店內拖！

只見她從容的往店裡走，蛇尾上捲著的闕摯又一次被舉在半空中，瞪著天花板在那邊哇啦哇啦的叫著！上一次他也曾這樣被拖進來過，但沒有被舉到這麼高……倒不是這宛如坐在船上的震盪感讓他直想吐，而是照慣例逼近天花板，他才發現──

天花板裡埋了無數具貨眞價實的骨骸啊！

側門裡是條長長的甬道，約莫三公尺後才會變得開展，背對著地面的闕摯倏而打了個寒顫，爲什麼他聞到了一股皮毛的腥臭味？

「外面擠滿你烙的人，去處理一下！」拉彌亞喊著，「不許幫店裡亂承接生意。」

「知道了！」男人粗嘎的回應，也下意識抬頭看了一眼。

闕摯僵直著身子，這個氣味這個「人」他之前沒遇過，有種令人不安的感覺啊……不對，這間夜店裡，每一個都不是人類，隨便他都會不安！

夜店才剛結束營業，一樓燈光大作，燈火通明，各個青面鬼或是人類亡靈都在忙著打掃清理現場，在一頭暈目眩之際，闕摯被好好的端放在了吧台上。

「我……的天哪……」他眞的都要暈船了，「我的車子……」

「阿狼會幫你拖進來的。」拉彌亞以指節敲敲桌面，「德古拉，這孩子被搞得徹夜未眠了。」

德古拉瞄向他，卻一臉疲憊樣，正擦著手裡的杯子，接著打了一個大大的呵欠。

「我不喝東西。」闕擎禮貌的婉拒，「您要不要先去睡了？我看您眼皮都要蓋上了。」

「啊……好！這小子不錯嘛，很貼心！」德古拉突然用肉眼無法辨識的速度，擦乾淨吧台桌下所有的杯子，「我跟你說，你早十分鐘來，我還精神奕奕的！」

闕擎明白，那俊美到不像人的外表，勾魂攝魄的雙眼，還有打呵欠時的可怕尖牙，加上這間夜店所有的「裝扮」都非裝扮來看，這位應該是吸血鬼了。

之前來這裡時都是過七點後，這位先生可能都早已去睡了吧。

「剩下的交給你們了，我眞的累了！」德古拉從容的走出吧台，雪姬也在揉眼睛了，「妳要不要一起上樓啊？」

「我還是得幫忙用一下啦！」雪姬喃喃說著，她好歹是小主管，「昨天一堆人吐，我得把液體都弄成冰，大家比較好做事。」

瞧著一屋子忙碌，坐在吧台高腳椅上的闕擎覺得自己格格不入，他是被逼來的，但這群傢伙沒有一個人要解釋一下嗎？他上個月出生入死，好不容易幫一個吊死鬼找到她的身分還差點被殺，辛苦換來的十五次機會，逼著他一夕之間用完是怎樣？

闕擎轉向右邊的包廂，「百鬼夜行」裡的陳設都是這樣，正中央是舞池，被數個包廂包圍著。

「喂……」

而現在他往右看過去的角落包廂裡，簾子是半拉起的，他好像看見一個熟人？

沒人理他，德古拉正打卡下班，狼人恰好從外頭走進來，「小子！你腳踏車我給你搬進來了！」

正準備跳下椅子的闕擎被嚇到了，他瞪大眼睛看著這魁梧至極、超過兩百公分的壯漢，和那渾身毛髮與狼頭……狼人啊！他剛剛聞到的就是這傢伙的味道嗎？

狼人指著他，眼睛突然瞇起來，饒富興味的大步走近，見他一步等於他的三步，闕擎還是跳下椅子，卻是往後退去。

「你也愛聽音樂喔？我是這裡的ＤＪ，狼人！」狼人視線鎖著他的耳罩式耳機，「這耳機不錯耶！」

對……是對耳機有興趣嗎？闕擎笑不太出來，只能虛弱的點點頭。

「喂，騙女人的傢伙！你要去睡覺囉？」狼人突然又越過了闕擎，看向他後方那個通往樓上的入口，德古拉正準備走入，「眞沒用！」

「你下次月圓有種跟我出去逛街！」德古拉懶洋洋的邊說，又打了個呵欠。

「好了，別吵了！」拉彌亞沒好氣的出聲制止，「德古拉，你快去睡了。」

餘音未落，只聽見匡咚一聲，闕擎嚇得回首，卻見那門邊已經完全沒有德古拉的身影了……但一股氣息在他眼前嗅聞，呼吸聲明顯到逼起他全身的雞皮疙瘩……

「呃……」他趕緊別開頭，用眼尾餘光瞄著那近在咫尺的鼻頭，「狼人先生……」

「喔，沒事……我這是模仿，COSPLAY嘛！」狼人趕緊直起身子，邊說話時還邊舔了一下嘴唇。

門口的接待員正太吸血鬼腳不著地的滑過，「他看得見我們。」

「噢……咦？」狼人吃驚的看著他，接著咧嘴而笑，由上到下的打量起來。

說眞的，一頭狼對你咧嘴而笑時，你只會覺得自己是食物而已。

「請問厲心棠是不是昨天沒有去上班？」闕擎趕緊切入正題，伸手指向狼人的正後方，「而且她還在包廂裡？」

剎那間，全部的人都停止了行動。

整層一樓的各種亡者鬼怪紛紛看向了那半掩的包廂，連雪姬都輕輕啊了一聲，正在算帳的拉彌亞即刻放下計算機，長尾一撐身子，俐落的翻過了吧台，落在狼人的身後，那位子更爲逼近包廂。

「她昨天是請假沒錯，但陪明翰喝到這麼晚嗎？」拉彌亞筆直的朝著包廂走去。而門口正在清點並擦亮手環的吸血鬼，望著手裡的銀色手環，陡然一驚，匆忙的衝過金色大門。

「經理！銀色手環少一個！」小吸血鬼慌張的高舉起手上一排銀色手環。金色手環爲人類入夜店的證明、銀色爲非人，每天發出多少，門口兩名美型接待員必須比誰都清楚！

這瞬間，拉彌亞覺得大事不妙了！

她衝上前唰地拉開簾子，滿地滿間的豐盛禮物堆裡，有著兩個爛醉沉睡的傢伙，一個就是厲心棠，另一個則是……全身都像冰塊在融化的明翰。

「明翰？」拉彌亞倏地看向大廳中間那座鐘，「幾點了？」

鐺——鐺——像是應和著她的問題，那紅色的大鐘，敲響了六下的鐘聲。

所有非人都衝向了包廂，青面鬼是囉嘍輩的擠不進去，其餘亡者默然的做著自己的事，現在不趕緊打掃，等等大家都別睡。

可怕的氣味頓時從包廂冒出，闕擎立即掩鼻，他不清楚這些人有沒有聞到，但這個味道……未免也太可怕了！

「六點了！」雪姬驚恐的大喊。

明翰——

咦？闕擎突然打個冷顫，他彷彿聽見遠方有什麼人在咆哮，於此同時，那在沉睡中的厲心棠跳開眼皮，下一秒像是惡夢般的跳起——「呀——」

厲心棠起身太猛，緊接著跪地而去，她雙手環著自己不住的發抖，驚恐的不明所以，眼尾瞥著滿地的液體，像是從沙發上流下的，正不停的往外頭擴散。

闕擎退得更後面了，如果可以，他想退出那個後台門口，往二樓去，這味道……太重了，這是泡水屍的腐敗味。

「明翰！」拉彌亞大聲喊著，「厲心棠，妳不許動！」

厲心棠沒敢動，因爲能感受到亡靈情緒的她，現在正被一股強大的忿怒與驚恐包圍著。

「明翰！」狼人在門口以腳跺地，一手搥向牆，整個一樓都爲之震動，水晶吊燈發出鏘鏘聲響。

拉彌亞瞪大眼看向他，「不要破壞店裡陳設好嗎！」

那個躺在沙發上的男孩，終於緩緩睜眼，「嗯？」

迷迷糊糊的看著眼前包廂門口擠滿了人，他意識都還沒清醒過來，「拉彌亞，我想要再來一杯……」

「天亮了，明翰。」拉彌亞沉著聲，「你沒有回去河裡。」

「嗯，我還想——」翻個身，明翰突然卡住。

天亮了？天亮——他終於跳起，看著自己身上那套華麗月光服全部融化成水，剩下的只有他幾近赤裸的身子，也開始在腫脹……腐敗。

「……不不不！不可以！」明翰驚恐的慘叫著，「我要回去水裡，我得——」

「走開！臉盆來了！」一個車禍亡靈機靈得很，早抱著臉盆衝了過來，「讓開讓開！」

魍魎鬼魅閃身自然迅速，一時間包廂門口淨空，那亡靈捧著有水的臉盆擱在包廂門口，明翰見狀飛快的跳了進去。

「到二樓去！」拉彌亞大喝一聲，「老大有個魚缸！」

幾個妖怪愣了一下，不愧是拉彌亞，居然敢把水鬼引到老大的魚缸裡去！在明翰跳進去的瞬間抬首，恰好與數公尺外的闕擎四目相交。

「水鬼？」闕擎簡直不敢相信自己親眼所見。

水鬼能上岸，還到這夜店來狂歡？

滿腦子還在不可思議，眼前的紛擾再度亂成一團，拉彌亞進入包廂把厲心棠帶出，她雙拳緊握，眉頭緊鎖，看上去非常非常的生氣。

「不行……事情大了！」厲心棠咬牙說著，「我現在既生氣，又擔憂，還……」

「抽離情緒！棠棠！妳不能被亡者的情緒蓋過！」狼人在她旁邊吼著，越吼只是讓厲心棠越煩躁而已！

「閉嘴！吵死人了！」厲心棠尖叫著，但她無法克制自己的——唰！

闕擎冷不防的拉開她的衣服後背，把吧台裡那桶冰塊都倒了進去。

……咦？厲心棠圓睜雙眼，下一秒整個人打起哆嗦來！

「哇呀！好冰好冰！誰啊——」她趕緊把衣服拉出來，讓冰塊全數掉落，氣急敗壞的回頭找凶手，「……闕擎？」

她驚愕的看著手裡還拿著冰桶、從容不迫的闕擎，神情從錯愕、再到眉頭舒展，接著居然揚起了燦爛的笑容，他居然來了耶！

這快速的變臉，完全解了闕擎心中疑惑。

就是有事才逼他來的是吧？

「我不幹。」他把冰桶擱在吧台上，轉身就要走。

絕對是又有什麼事要他去幫厲心棠，他不喜歡與人交際，他喜歡一個人生活，這些——才走一步，他撞上了一堵牆。

「好了，棠棠，去洗把臉，喝這麼多！」拉彌亞擊掌兩聲，「各歸各位，快點收拾！」

然後，闕擎就被狼人扛上了肩頭，直接往樓上走去了！

「喂——」闕擎沒有做太多的掙扎，基本上當你被狼人扛著，他那利爪還輕扣著你的背時，一般人都不會有過多的掙扎吧？

這裡的人，一言不合就都用綁架的嗎？

又是一樣的情景，「百鬼夜行」的二樓舞廳已經清理乾淨，因為二樓是給各界妖怪的場所，大家都非常潔身自愛，有破壞到現場的妖魔，臨走前都會恢復原樣，與喝茫就亂吐亂摔東西的人類截然不同。

舞池中間又被拉彌亞用萬能的蛇尾拖來茶几，厲心棠不但去梳洗還順便洗個澡換件衣服，精神奕奕的跑回二樓後，再度朝天花板「點餐」；對，三樓聽說有個餓死鬼廚師，只要朝空中點餐，等等食物會穿過天花板直接送下來。

但闕擎從未吃過「百鬼夜行」一口食物，今天也是一樣。

他只是不停看著偌大魚缸裡的水鬼，礙於空間大小，水鬼也能適應空間的縮小，只剩上半身待在魚缸裡，但怎麼看都覺得不舒服……如果他家魚缸有著水鬼在裡面的話，他半夜起床都會給嚇死。

「水鬼怎麼能離開水？」闕擎忍不住問了，他絕對不可能去游泳便是如此，「若不是執念過深，很難得會以完整的形體出來，一般都只是部分的靈魂。」

以前不是沒跟朋友去過溪邊，那可眞是熱鬧啊，滿滿一整排的人雙眼閃閃發光，帶著渴望排成一排等待，張開雙臂就等著抓交替，如果水鬼邊能設紅龍，他絕對會以爲是週年慶在排隊領禮物。

略瞥了厲心棠一眼，他們第一次不幸的認識起點，正是因爲他有個不熟的朋友溺水身亡，那位朋友當時也只能分了一部分的靈體出來求救。

但眼前這個男孩，是非常完整的一隻水鬼亡靈。

「我其實一年只有我生日時能出來。」明翰禮貌的說著，「就是我誕生成鬼的那天。」

那不就是忌日嗎？闕擎覺得有趣，亡靈居然也會慶生……這個水鬼，非常不一樣。

「而且你看起來乾淨整齊。」他用了婉轉的形容法，因爲被纏過的他……知道水鬼一般都很難以入眼。

「他還會長高咧！」厲心棠補充著，「他是河妖認的乾兒子，有許多庇護的。」

河妖的乾兒子？闕擎一時有點驚愕，河妖認了一個溺死的男孩當乾兒子嗎？

「那你能接觸到河妖嗎？對於那些爭先恐後抓交替的水鬼們，有沒有方式可以解決？」闕擎立即問向明翰，「前兩個星期，才有一個孩子在那邊溺斃，我知道他不是簡單的失足淹死的……」

喂！一旁的厲心棠即刻肘擊，怎麼哪壺不開提哪壺啊！

「我知道，我救了其中一個，因此受到了懲處。」明翰苦笑搖頭，「水鬼唯有抓交替才能離開水裡，前往死亡後的世界，我壞了規矩，我下次必須親自抓一個人，給原本抓到孩子的那個水鬼。」

「規矩嗎……」闕擎聽得規矩只是蹙眉，人與鬼都一樣，各界有各界的規矩，誰都不能破壞。

只是那條河裡溺死的人太多了，他每每騎過總是不安。

拉彌亞匆匆從外面走來，一臉嚴肅的看著平靜氣氛的室內，明翰一瞧見她，立刻擔憂的攀著魚缸浮出。

「讓我跟我乾媽說，我不是故意沒回家的，我是忘了……」

「我跟她說了，但她很生氣……我說你剛酒醒，等晚上時我們會送你回河裡……晚點你回去就知道了。」拉彌亞這話中有話，這就像玩瘋的孩子忘記回家，鐵定有頓苦頭吃了。

喔喔，厲心棠抿著唇，她也喝開了，根本不知道發生什麼事，「所以我感受到的忿怒是河妖姨的嗎？哎唷，這樣下次我不敢靠近那河了。」

「暫時不要好，我乾媽一定很氣店裡的人。」明翰誠意的低頭道歉，「給大家添麻煩了。」

闞擎從來往對話能抓到一二，此時天花板倏地又掉下食物，拉彌亞再度準確接住，放到厲心棠面前，她今天點的是中式河粉豬肉蛋餅佐豆漿和油條，喀嚓一聲咬得津津有味。

這聲音又讓闞擎沒來由的火大起來。

「所以，叫我來是？」他沒好氣的唸著。

「喂，對棠棠說話客氣點喔！」一旁的狼人突然低吼，「我發現你對我家棠棠態度都很不耐煩！」

唔……闕擎瞬間噤了聲，白眼看向厲心棠，沒有人這樣動用惡勢力的好嗎？

「小狼！你不要鬧喔！」厲心棠果然焦急的解釋，「你這樣要是闕擎生氣不幫我的話怎麼辦？」

刷！狼人利爪直接刨上牆，水泥牆都給刨出深溝來。

「他敢？」

電光石火間，拉彌亞尾巴一掃，狼人怎麼被送出門外的闕擎都來不及看見……咦？

「他沒有惡意。」厲心棠還有空轉過來跟他解釋，順道咬了一口油條。是喔，闕擎望著那道牆，如果他站在那邊，他現在已經死透了吧？

「好，所以？」闕擎睨著她，「用這麼卑劣的手段讓亡靈惡鬼來纏我，逼我講了十幾次百鬼夜行，耗盡我上次出生入死的福利，是為了——」

他幽幽看向十一點鐘方向的魚缸，他怎麼想都覺得是他了。

「哇！你好聰明耶！這樣都能猜到！」厲心棠還有心思讚美，「不過我先說明，我不知道你發生的事情……拉彌亞？」

「是狼人做的。」拉彌亞把鍋甩得乾乾淨淨，她只是沒阻止而已。

「我怎麼了嗎？」結果當事人完全錯愕，明翰不明白他們在討論什麼，「這是把我留下來的原因嗎？」

否則應該立刻把他送回河裡啊。

「明翰十歲了，但他上星期出手救了那個男孩時，腦海裡展現了他當初溺斃的情景，而他從來沒有想要——」

「停！」闕擎立即打斷厲心棠的解釋，痛苦的閉上雙眼，滿滿都是不耐煩。「現在要幫他找他生前是誰，以及怎麼溺死的或是誰殺了他嗎？」

哇塞！厲心棠雙眼晶亮，帶著點崇拜的眼神，掌聲鼓勵鼓勵。

「我拒絕。」闕擎語畢即刻起身，上一次的事還不夠嗎？

「欸——」厲心棠用油膩的雙手即刻抓住他，「你不要這樣嘛！明翰跟上次那個鬼大姐不一樣對吧？他人很好的！」

「只要是人類，說翻臉就能翻臉的。」闕擎冷冷的睨了她一眼，「再說了，這又是妳自己承接的業務，妳就自己處理吧！」

他不客氣的甩開厲心棠的手……如果甩得開的話，這女人死纏爛打，就是不想鬆開手！

「拜託，我很菜你又不是不知道，沒你聰明又沒你精明，還有看不見魍魎鬼魅……上次都是你幫我，才能這麼順利的找到鬼大姐的身世啊！」厲心棠極盡讚美，讓客人愉悅，接待員守則第一條啊！

「我順便裂了骨頭。」

「而且明翰是我們的朋友，他就是這樣溫和的一個人，只是突然想要知道自己當年為什麼會溺死而已！」再動之以情！

「有時亡靈想不起來也是種福氣，註定想不起來也就不要勉強了。」上次那個想起來的，折了多少條性命進去？

厚！厲心棠渴望的瞄向拉彌亞，得到她的首肯。

「十五次，再多送你五次。」

都已經要繞出茶几的闕擎止了步，厲心棠感受到手上的掙扎力道沒這麼凶猛了，不由得竊喜。

叔叔說得沒錯！人終究要誘之以利啊！

「二十五，而且必須把這利用陷阱盜走我的十三次賠給我。」這廂開始談條件了。

「好！」厲心棠答應得倒爽快，「我認真說，找鬼去纏你真不是我的主意，我是打算電話奪命連環CALL的。」

闕擎無言，她以爲他會接電話嗎？

「唉，好吧！」闕擎答應得超級勉爲其難，拉彌亞覺得這叫得了便宜還賣乖，「十年水鬼生涯，又有河妖靠著，爲什麼會現在才想知道自己是誰？絕對不是因爲回憶閃現，還有別的因素吧。」

他逕直走到明翰面前，開門見山的問。

明翰面露愁容，苦笑一抹，「棠棠，妳這個朋友有點厲害喔！」

厲心棠微笑著，她其實能感受到明翰的情緒，但身爲朋友，有些事她是不宜說的。

「心慌。」明翰也明白的看著闕擎，「我很早就想知道我是誰，不只是想，而是我覺得我必須知道我是誰……但我不敢說，我怕乾媽會難過，怕她認爲我想著生前之事，並不想待在河裡陪她。」

「必須知道。」闕擎瞇起眼，「這理由很妙。」

「對，我知道很難懂，但我就覺得我該知道我是誰、我是怎麼死的……」明翰嘆了口氣，「但具體爲什麼，我卻什麼都無法解釋。」

「有人殺了你嗎？」闕擎很在意這點。

明翰蹙起眉搖了搖頭，「我實在不知道，溺死要怎麼他殺？有人壓著我的頭？還是？這倒是沒有印象！我只覺得很痛，還有那天救小男孩時想起的──我極度不想死。」

強烈的不想死，在水裡痛苦掙扎，最後卻只能任水灌滿肺腔，奪去了他的生命。

闕擎仔細打量著乾淨的明翰，有別於剛剛的赤身裸體、即將腐敗的模樣，他現在穿著淺藍色的T恤，還戴著眼鏡，看上去斯文有禮；連死狀都瞧不見，這有點難斷定。

「你……剛剛說你會長高？一開始是幾歲？」闕擎回頭問著厲心棠。

「他一開始就差不多這樣子了！」厲心棠用力回想著，「我記得比我大吧，國中生吧？」

「其實模樣沒有變，長高也是一點點，重點是眼神！」拉彌亞回憶著他初次來到「百鬼夜行」的可愛模樣，「這幾年成熟得很快。」

「國中生的年紀嗎？我不太想看你的死狀，但你身上有什麼傷痕嗎？」總是要有些線索，才能查吧！

明翰露出一抹歉意的笑容，「現在就算要我露出死狀也難了，我……不知道自己原本是什麼樣子……但是，我有這兩個東西。」

他從衣服裡拿出一條項鍊，鍊墜是個非常奇怪的物品碎片，上頭很明顯的有裂痕，繽紛的圖案也因爲泡在水裡久了而褪色，厲心棠從認識明翰開始就看過這個，她一直不認得。

「喔，這是戰鬥陀螺的中間碎片吧！」闕擎反覆翻轉看了幾眼，「現在還是有人在玩，之前比較夯。」

「戰鬥陀螺？」厲心棠一臉驚訝的樣子，那是什麼？她沒玩過這種東西啊。

「妳不知道？」闕擎打量著她，也難怪，這「百鬼夜行」裡的傢伙會讓她玩這種玩意兒嗎？「總之，這在男孩間很流行，你的嗎？」

明翰聳了聳肩，「我也不知道，我醒來時它在我衣服口袋裡，還有這個。」

只見他左手伸出魚缸，打開掌心向上，掌心上有著奇怪的「掌紋」。

與其說是掌紋，不如說是什麼東西刻上的痕跡。

像是曾經抓過某樣東西在拳裡，緊緊握著到上面的圖案印進掌肉裡，只是人類的話會消失，但明翰只怕是死前所握，因此紋路就這麼留在上頭。

那是個圓型物品，直逕約莫一公分大小，上面的圖案並不完整，而是僅有一角。

「明翰誕生開始就有這兩個東西在身上。」厲心棠很熟悉了。

「紋路可能是因爲泡水，所以泡腫消失了。」闞摯頭也不回的勾勾手指，「喂！喂！拍照。」

「你沒帶手機喔……厚，你換一支智慧型手機啦！」厲心棠趁機向拉彌亞抱怨著，「他還在用那種老土的手機。」

「拍不下來的。」明翰善意提醒，他不是人。

對啊！闞摯有幾分遲疑，這非文字，要畫下來也未免太強人所難了……做手模嗎？石膏嗎？鬼能做嗎？

「我來吧。」雪姬緩步走入，那雪白的臉突然一瞥總是能嚇到人。

只見雪姬她讓明翰把手放回魚缸裡，接著即將對魚缸裡吹一口氣——厲心棠緊張的立即跳起。

「雪姬姐姐，裡面是叔叔的魚喔！」

呃……雪姬連忙收手，趕緊把明翰的手重新拉起來，輕輕的在他掌心上吹氣……呼……

明翰的手迅速結冰，四周空氣都變得冷冽，每當這種時候，闞摯才會確認這眞的是雪女。

冰塊脫模，紋路並沒有很清晰，但有總比沒有好，厲心棠趕緊拍下。

這是實物，所以很方便拍攝，闕擎倒是仔細的把模糊的紋路記在腦海裡。

「時間有點久，明翰是十年前的昨天生日，幸好也只有十年，新聞還算好找。」厲心棠略頓了頓，「如果有找到的話。」

十年，國中生，掌心留下一個圓形物品圖案，衣內有著戰鬥陀螺碎片……乍看這些線索薄弱，但其實不難找。

「那我——」厲心棠正在囫圇吞棗。

「不要跟我說立刻要出發，我昨晚託妳的福都沒睡好。」闕擎一口回絕，「明天再說！」

噢……厲心棠鼓起兩個腮幫子，還一臉可憐無辜的模樣。

「闕擎，能麻煩你送明翰回去嗎？」拉彌亞語氣變得非常禮貌，「經過那條河時，把他送走。」

闕擎看著拉彌亞誠懇的眼神，再看向明翰的拜託，對上厲心棠時，她卻明顯得閃閃發光。

「等等……剛剛那聲怒吼是河妖吧？我現在送他回去，不是找死嗎？」他是傻蛋嗎，「拉彌亞妳可以自己去送啊，妳又不累。」

真是個討人厭的人類男孩，當然就是因爲河妖正在氣頭上，所以她才不要去蹚渾水啊！

「我去好了！」厲心棠抹抹嘴，舉手自告奮勇，「我順便去找找看有什麼線索。」

拉彌亞望向厲心棠，只好嘆口氣，「好吧，至少河妖還比較喜歡妳。」都是看著長大的孩子，對棠棠的包容力也比他們這些妖鬼來得大。拉彌亞憑空變出一個水瓶，動手舀了魚缸裡的水而出，明翰就這麼順著進入了瓶子裡。

水鬼能跟著水如此移動嗎？即使不是溺死的地方？闕擎在心裡暗忖。

鎖上瓶子時，完全看不出來那裡面有隻水鬼，拉彌亞慎重的交給厲心棠。

「那我也該走了。」闕擎就此道別，他沒有很愛來「百鬼夜行」。

兩個人影紛紛跨上腳踏車離去時，拉彌亞站在門口凝視著，她突然也不是那麼擔心棠棠一個人把明翰送回家了。

「闕擎陪她去送了？」雪姬冷不防的在後頭吹著冷風。

「是啊，他應該不會放棠棠一個人去河邊。」拉彌亞也揚起笑容，回身朝裡屋走去。

蛇尾輕巧的勾住門把，輕聲關上。

他們都知道，他們家的棠棠有個過人的本事——就是誰都無法對她放心啊！

第三章 男孩們

有別於天氣的晴空萬里，今天的河川水勢洶湧，完全展現了河妖大人的不爽。

厲心棠戰戰兢兢的在河邊又鞠躬又道歉的，把水瓶裡的水倒入，結果河邊的水竟激起一陣水花，濺得厲心棠一身溼。

嗯，看來河妖大人依然不是很愉快，但說穿了，喝醉的是明翰、玩過頭的也是他兒子，沒想到連河妖都搞「我的孩子最乖了，都是別人帶壞他」這招喔？

厲心棠全身濕髮，渾身濕透的擰衣服，在她身後幾公尺的闕擎慶幸他有保持「安全距離」。

『在哪裡……』

一股幽暗的嗓音突然傳來，闕擎跟著背脊一僵，有什麼東西在他身後徘徊……他沒敢動，眼前的厲心棠蹲在河邊繼續喃喃自語，應該是在道歉跟溝通，千萬不要轉過來。

『他在哪裡，你看見了？』沙啞到像嗓子壞掉的人在說話。

闕擎背後透著涼氣，而且他還聽見水滴聲，滴答滴答、滴答滴答……他低首用眼尾偷瞟，才發現四周的地上，有許多黑色的腳印。

黑色，是被水浸濕後再踩上的印子，但並沒有消失，就在附近繞行，每一個足印，都不是人類能踩出來的。

腐臭味如此的近，他甚至可以感受到這個人就在他右頸畔了。

『不是……這個不是……』

噠噠，足音明顯的遠離了他的背後，黑色腳印從他的右邊開始往遠處走去，闕擎依然不敢立刻看向右手邊，多年以來他都是以此避開亡靈的注意，不要讓他們知道自己看得見就好了。

等到對方走遠了，闕擎才緩緩看向右方，無法清楚的瞧見形體，但隱約間像個女人，穿著裙子，她腳印一邊重一邊輕，情緒非常不穩定，焦躁中還帶了點……黑暗的氣息。

此地不宜久留。

「厲心棠！」他喊著，他想先走！

沙沙，上方突然有石頭滾落，闕擎立即回身向上，看見一個小學生就站在上方的慢跑步道邊，用驚恐的神色看著——剛剛那個亡者的方向！

小腿正在打顫，男孩揪著衣服在哭泣似的，不停的發抖。

「喂！」闕擎突地朝上一喊，男孩嚇了一跳。

男孩狐疑的看著他，是個不認識的哥哥，他後退著，渾身散發著恐懼。

「不要這麼明顯！」闕擎勸告著孩子，「不要讓別人知道，你看見了什麼——」

咦？小男孩當場愣在原地，這個大哥哥說的是、說的是……他知道！他也看得見那、個嗎？

「不……不行！」男孩驀地腿軟在地上，手卻不敢指，「她過去了，有人在那邊玩啊！」

聽見闕擎在說話的厲心棠好奇回首，趕緊再跟河妖道歉後，忙不迭跑過來，只見上面是個瘦弱的小學生，難得闕擎跟人家搭話呢！

「誰？」她好奇的問著。

闕擎原本想直接離開，但最終還是遲疑的回了頭，「妳去看看，那邊有什麼人在玩水嗎？」

「今天水這麼大，誰會玩水啊？」但她還是順著闕擎指的方向小跑步而去，闕擎則於後緩緩跟上。

上面那個男孩哭得泣不成聲，全身抖到只怕要站起都是困難。

河邊有不少樹木，厲心棠伏低身子穿過幾棵樹後，果然聽見了說話聲，再往前走，有一群人就在河邊散步聊天，看得出來是兩家人，大人們聊大人話題，孩子們則撿著石頭朝河面扔去。

「站得很遠，比我剛還遠呢！」厲心棠回首對闕擎說著。

但僅僅也是一瞬間，她臉色突然僵硬，雙手詭異的僵住，倏地朝前方看去……天哪！這是什麼？

悲傷、震驚，不可思議……還有忿怒？爲什麼會有忿怒？

「厲心棠！」闕擎知道她能感受到亡靈的情緒，絕對是感應到了什麼，「有什麼東西……」

「殺……殺氣……」厲心棠咬著牙，「想殺了某個人——」

闕擎即刻扔下她往前察看，誠如厲心棠所說，兩個孩子離岸邊很遠，他們最多就是扔石頭時會踩上水，但河畔這段碎石段足足有一公尺以上，深度連十公分都不到的！

「再來！」男孩興奮的喊著，抓起石頭做準備動作。

他看不見。

闕擎謹愼的環顧四周，剛剛那令人不快的亡靈沒在附近，至少他完全看不見她在哪裡……

「一、二、三——」孩子們同時往前小跑步，扔出了手上的石頭。

啪噠、啪噠，男孩的布鞋踩到水，發出了小小的聲音，水花微濺。

然後，一陣狂風突地自河面上掃來，迷得所有人睜不開眼——一個男孩因此突然在石頭上滑了一跤。

「哇！」孩子哇了一聲，水流擰成一股繩，驀地捲上了男孩的腳踝——筆直的往水裡拖去！

「哇啊啊——噗——」男孩沒有來得及大叫，瞬間被拽入了河中！

「咦？」父母被風迷了眼才抬首，竟失去了孩子的身影，「小寶？」其他一起玩耍的孩子都愣住了，連他們都沒看見發生什麼事！

「小寶！」母親驚恐的喊著，來回都沒看見孩子的身影，「怎麼回事!?」她尖叫著往前跑去，每一步踩到的都是石頭河床，完全不是深處啊！看著她持續往前跑，闕擎完全知道河床的界線在哪裡，因爲那裡擠了滿滿的水鬼，他們紛紛伸長了手，等著孩子的母親自投羅網。

來啊來啊……快點來啊，大家等著抓交替呢！

但這些水鬼，在剛剛那男孩被拖走前，完全都沒有出現過。

「不可以！」有別於闕擎的不動如山，厲心棠尖叫著掠過他往前，「不可以下水！」

幸好老公也是跟著，即時拉住了妻子，這時女人的一腳踩了空，整隻腳陷入泥濘，但即使如此，水深也只到她的小腿肚。

但是那個男孩，被拖進去河裡了。

這就是水鬼的規矩嗎？闕擎不懂，這已經是在拖岸上的人了吧！闕擎倏而回身，往反方向奔去，走過低樹後看向上方，剛剛那個抖個不停的小男孩，已經不見了！

這到底怎麼回事？

被拖下水的孩子在不遠處的大橋下被找到，找到時已經沒有呼吸心跳，證實溺斃身亡，父母哭天搶地的哀嚎，他們完全不敢相信明明只站在岸邊玩耍，孩子竟會溺水？

現場有目擊者，也沒有他殺的跡象，警方簡單問問就結案了；但闕擎跟厲心棠還是因此被迫留下來等待，他呵欠連連到幾乎站著都能睡著，一等警方放人，連再見都沒說，就離開了現場。

精神奕奕的厲心棠回身時已經看不見闕擎，連手機都沒帶的他打電話也沒用，所以決定自己先展開調查！

第一件事，就是查找十年前在這條河裡溺水的案子。

幸好不過十年，十年前都已經是網路發達的時代，要找新聞不算難……怕只怕這種案件太小，不是每則報導都會特意詳細列出。

在附近找了間咖啡廳坐下，厲心棠便使用手機搜尋新聞，並用記事本一一抄寫，列出的新聞竟越來越長，長到必須翻頁時，厲心棠才意識到十年前的這個月，在河裡溺死的居然多達二十件！

「這也太扯了吧！」看著滿滿的人名跟事件，怎麼會這麼多人在河裡溺斃？玩水、失足、自殺……秋末的河水還有人會去玩水嗎？她想了想，決定查一下十年前這個月的氣候，是高溫還是……滑開手機時厲心棠錯愕數秒，十年前的十一月，連下了好幾場大雨，所以河川一直是湍急滿水位的狀況。

這便能解釋落水生還機會低，但……如果河水湍急，誰還會去玩水啊？

厲心棠托著腮滿腹疑惑，說到這個，剛剛河邊發生的意外也很扯啊，離深水區這麼大段距離，根本不可能是正常落水的，那溺死的孩子就像是被人拖走似的……大家都在岸邊，男孩不過腳踩到幾塊濕掉的石子而已。

她沒提是因爲明翰說過，水鬼抓交替天經地義，誰都不能干預。

厲心棠坐在落地窗邊，正想得出神，卻不經意發現有個人影趴在落地窗玻璃上，意識到時她嚇一大跳，瞪圓雙目看向趴在玻璃上的男孩。

男孩相當瘦小，看上去最多七、八歲，一雙哭得紅腫的雙眼可憐兮兮的瞅著她，厲心棠也不知道該說什麼，目光落到自己桌前的松露巧克力蛋糕上。

她揚起微笑，對著男孩招招手，請他進來吃。

男孩遲疑著，但還是走進店內，厲心棠刻意張望著四周，男孩落單一個人，居然沒有家長在附近。

她坐的是單人桌，那男孩還穿著校服，拖著步伐來到她面前，用一種難受又戒慎恐懼的眼神望著她。

「想吃蛋糕嗎？」厲心棠客氣的問著，遞上蛋糕。

男孩坐到了她對面的椅子，對蛋糕倒是沒有興趣，反而緊盯著桌面，淚珠接著撲簌簌往下掉。

「咦咦？」厲心棠嚇到了，這場面也太謎了吧！他要是再哭大聲一點，大家會不會以爲她欺負小孩子啊？

「妳看到了吧？姐姐？」男孩滿臉淚痕的看向厲心棠，「那個男生是被拖走的！」

咦！厲心棠登時一驚，剛剛？這個男孩剛剛也在河邊嗎？

她第一時間先左顧右盼，確定沒人注意到他們後，即刻屈身向前，「你小聲點，這種事不能大聲說喔。」

「我知道，我根本不敢說……我不敢……」男孩邊說又開始嗚咽，「我看到有個人從水裡冒出來，把那個男生拖走了……」

「噓……」厲心棠趕緊示意他低聲，這孩子看得見啊！「你別哭，那些是水鬼，他們……在抓交替。」

男孩點了點頭，「可是剛剛那個男生根本沒有跑進河裡，爲什麼……」

厲心棠不知道該怎麼回答他，這小小的孩子，看起來像是嚇到了！「或許碰到了河水就算數吧！水鬼的抓交替，我們不能阻止的。」

「所以……」男孩抽泣著，「剛剛那個大哥哥也不說話嗎？」

那個大哥哥？「誰？」

「那個戴耳機的大哥哥啊！」男孩莫名歪頭，「你們不是朋友嗎？他還叫我噓……」

「是……」闕擎！闕擎跟這個男孩有交集？對啊！她想起來了，就是在上方慢跑步道上的男孩！「來，姐姐這蛋糕還沒吃，你吃！」

「他們也是這樣抓走我同學的嗎？」男孩淚眼汪汪的瞅著厲心棠，「我們什麼都不能做嗎？」

厲心棠看著男孩哭到心碎的臉，心頭跟著一緊，這個孩子的朋友也溺斃了嗎？

「你的同學是……什麼時候被抓走的？」她溫和的問，「有時候不一定都是水鬼做的，像河水很急時我們就不該去玩，有時不需要水鬼，我們也很容易溺水……」

「我們是一起被抓進去的！」男孩用力搖著頭，「我本來在找蚌殼，結果卻看見一個很可怕的臉在水裡，接著他抓住我就往河底拖了……然後我嚇得掙扎，就在附近看見阿強也被拉下來了！大家後來都說……是阿強最早發現我不見，才下水救我的！可是……」

可是最後阿強死了，他卻活了下來。

爲什麼先被拉下去的他會沒事？他醒來已經在醫院裡，爸媽在旁邊淚流滿面的握著他的手……然後阿強的爸媽哭得聲嘶力竭，在同一間醫院的急診室中，兩種畫面。

男孩說到這裡，再度伏案失聲痛哭，厲心棠不慌不忙，趕緊起身挪到男孩身邊溫柔的安撫著他。

「如果你同學真的是爲了救你，那他真的是個好棒的朋友，他知道你被救上來的話，一定很欣慰。」厲心棠輕輕的在男孩耳邊說著。

「可是……他會恨我吧？爲什麼他死了？」男孩哭得泣不成聲，「姐姐，我能見到他嗎？」

「……嗄？」看著那張哭花的小臉，厲心棠不知道該怎麼回答。

「他也會變成水鬼對不對？我可不可以……再見到他？」他問得很認眞，這男孩沒有在鬧。

厲心棠心疼的抿著唇，她很難跟孩子解釋，要見到水鬼，除非他再下一次水，只是說不定這次他便會被抓交替成功，對象更有可能是自己的同學。

具有清楚意識的亡靈並不多，即便懷有記憶的也不清晰，能記得自己爲什麼死是少數人才有的力量，所謂的人生跑馬燈跑完，幾乎就是遺忘的開始。

就算上次遇到的吊死鬼怨靈，她明明記得自己是被殺的，卻也還是記不起凶手的模樣，才委託她尋找的。

「那條河裡太危險。」她只能勸告。

「我知道……我上星期醒來之後，我就開始可以看到、看到……」男孩邊說邊瑟瑟顫抖，眼神卻恐懼的越過厲心棠，朝她身後看去。

看到什麼？厲心棠回身，她斜後方有一張單人桌，莘莘學子正戴著耳機在唸書，桌上滿佈著課本，一杯紅茶擱在桌上，她看不出來有什麼異常；但在男孩眼中，桌邊站了一個穿著一樣制服的女孩，她的鼻子以下整個掀起，鮮血一滴一滴的落在她的紅茶裡，用不爽的眼神瞪著那個在唸書的女學生。

「唉……」隱約的感受到一絲不平心態，能感受到亡靈情緒的厲心棠並不以爲意，因爲她習慣這樣的感知，所以只有特別強烈的情緒才會影響到她，「你看得見什麼嗎？」

男孩恐懼的點了點頭，豈止看得見，那簡直是觸目驚心啊！

「好可怕！有好多那個！我好怕他們發現我看得見……」男孩抓住厲心棠的衣袖，「姐姐，是因爲我差點溺死後，所以才變這樣嗎？」

厲心棠趕緊抱著男孩，這很難說的，但是在鬼門關前走一遭而具備特殊能力的並不在少數，她就是一個例子——她不會輕易看見魍魎魑魅，但是卻能感受到他們的情緒。

等等……上週醒來？溺水得救的孩子？

「天哪！你是兩星期前在河邊想抓蚌殼的孩子之一！」厲心棠突然箝住他雙肩，「那天一死一傷……」

男孩可憐的點了點頭，「對……我們想撿蚌殼，是我越走越深……但我根本沒有走到中間，我只是彎腰潛在水裡，就看到一個好可怕好可怕的男生……」

他就是明翰救的男孩！

厲心棠不可思議的看著眼前的男孩，有些感動、再多了些莫名的喜悅，這就是明翰出手干預抓交替的男孩子耶！

「你叫什麼名字？」她小激動的問著。

「我叫……詹冠廷。」他小小聲的說，「冠軍的冠，朝廷的廷。」

「我叫厲心棠，心臟的心，海棠的棠，你可以叫我棠棠姐。」厲心棠愛憐的撫摸他的臉，「你不要怕那些，你可要好好活下去，你是好不容易被救上來的！」

「我害怕啊，我不知道該怎麼辦……」說著，男孩突然打了個寒顫，他背對著的落地窗外，好像又有什麼在窺探他。

「沒關係，我認識一個人跟你很像，我可以叫他教你怎麼辦！」厲心棠笑了起來，「這方面可是有老師的呢！」

男孩眨了眨眼，「這種事情還有老師的喔……」

「是啊，就是你看見的那個戴耳機的酷酷大哥哥啊！」厲心棠毫不客氣的爲闕摯介紹工作了。

詹冠廷低下頭，似懂非懂，他只想擺脫愧疚與恐懼，出院之後，他連上學都排斥，完全無法面對朋友死去的事實，以及——

「那妳會嗎？」他想求助的是這個，「有個很可怕的阿姨，她想抓好多小朋友……」

「我不會，因為姐姐看不到，但我會別的喔！」厲心棠帶著點羞赧的笑笑，「你剛說什麼？你阿姨怎麼了？」

這個姐姐天天的。

詹冠廷認眞的感受到這點，很漂亮很熱心很溫柔，但好像有時有點天。

「今天抓走那個男生的，是個可怕的阿姨……她好凶好可怕，她想要抓走很多小孩……」他認眞的再次說道，「我覺得……她好像知道我看得見她了。」

「在河裡？」厲心棠憂心的問，「如果她抓了今天的孩子，那她應該就已經抓交替成功了。」

「沒有，她上岸了。」男孩確認了厲心棠看不見，「那個黑髮哥哥知道，因為阿姨有在哥哥附近繞過，那時她可能在找我……而且她眞的……」

在把那個男孩拖下去後，阿姨還走上來了！詹冠廷恐懼的是這一點，剛害死一個卻又上岸來找他嗎？因爲恐懼，他才一直跟著這個姐姐，他覺得他們或許可以保護他……但現在他開始覺得，應該要找那個大哥哥才對！

厲心棠根本沒注意到孩子微妙的心理，她只覺得警戒天線豎起，大事不妙——爲什麼水鬼抓交替卻沒有離開？

孩子口中的上岸應該只是靈體一部分，但有執念的亡靈力量不容小覷……執念是最重要的。

偏偏能擁有力量如此大的執念的亡靈，屬於善類的機會很少……這也能解釋爲什麼站在岸邊玩耍的孩子，還是會被硬生生的拖進河裡了！

「你還知道多少，全部說給姐姐聽！」厲心棠趕緊回到自己座位上，「那個阿姨的長相，或是她說過什麼！」

詹冠廷緊緊皺起眉，他一點都不想回想，而且他是來求保護，就是希望那個阿姨不要看見他的吧！

「她不停的說：他必須死，孩子一定得死……」男孩顫抖的舉起左手，比劃了手腕，「這裡，還繫著一根紅繩。」

「紅繩？」

「對，一種紅色的繩子。」詹冠廷揮動著手，「因爲她走路時，我看見那條線一直飛。」

那可不是什麼命運的紅繩吧？但也是一個線索，連亡靈之姿都還保有的東西，一般都是該死者生前最重要之物。

她想起今天早上感受到的驚恐與怒氣，像是從明翰身上彈出來的，但那不是明翰的情緒，卻與他牽扯著相關……或許是他身上融化的衣服，畢竟他的衣服是用河水做的，在融化時他便感受到了水裡的東西。

再加上孩子說的那個可怕的阿姨，闕擎絕對早就發現，畢竟他是看得見的人；但能這樣強勢離開水裡，還霸道的硬拖小孩入水的水鬼當然有一定能力，而且還說什麼……孩子一定得死？

狀況不對啊……這一切都太不合常理了，而且是不好的走向。

「姐姐知道了，你這一陣子都不要再靠近河水了！溪水或大海也都不要。」厲心棠覺得還是以策安全的好，「如果再看見那個阿姨……不，你不靠近就應該看不見吧？」

「說不定她還在找很多小孩！」詹冠廷慌張的揪著厲心棠的衣服，「不只今天那個被帶走的，旁邊那個一起玩的她本來也想要的，只是他站得比較後面而已！」

厲心棠接著再問了孩子水鬼的長相，但是孩子太小，根本形容不出所以然，只知道那是長長的頭髮亂七八糟的蓋住臉龐，渾身濕透，穿著長裙洋裝，在孩子眼裡甚至無法分辨衣服的顏色，他說全身是濕的，看起來像黑色。

從頭到尾，就是右手上的綁條紅繩，還有不停尋找孩子的駝背姿態。

最後，詹冠廷拜託厲心棠送他回家，她自是欣然同意。

男孩切實被嚇到了，不僅歷經過溺水的九死一生，醒來後又有了陰陽眼，一路上他緊緊揪著厲心棠的手，眼睛只敢盯著地面，尤其遇到車禍身亡的地縛靈時，一雙眼卻又不知道放哪裡的朝厲心棠的褲腳盯。

那些鬼都好可怕，每個都不是完整的，還有人會爬到他床上來，他每天都嚇得要爸爸陪他……他已經發現了不能讓「他們」知道他瞧得見，可是……可是爲什麼他們似乎就是知道呢？

一直送詹冠廷直到門口，男孩跟厲心棠要了聯繫方式，一直問還能不能去找她，也想請那個大哥哥幫幫他，厲心棠替闕擎應了這件事。

目送著男孩進入家門，還能聽見其父母擔憂的聲音，厲心棠朝著開門的母親微笑頷首，也不多語的回身離開。

只是才轉身的她不由得斂起笑容，她知道的，那條河裡的水鬼，大有問題。

百鬼夜行
第四章
抓交替

「唉——」

才推開沉重的對開門，闕擎就重重的嘆了口氣。

他不只心情沉重，腳步沉重，連肩膀也沉重，即使剛剛在路邊送給一個迷路徬徨的小女孩雞蛋糕吃，也完全沒有讓心情好上幾分。

櫃檯的女孩根本沒搭理他，反正這是會員制的運動館，進入都得要過閘門，會員自己有會員證能刷過。

「抱歉，我找人。」他到櫃檯前問著。

「嗄？」女孩不耐煩抬頭，但一見到闕擎瞬間怔了一下，「喔，你要找人喔？」

很不錯的男孩耶，五官眞好看，還有種哥德風的神祕氣質。

「對，她是這裡的會員，編號1581的厲心棠。」闕擎朝閘門裡望去，在這裡就可以聽見擊球聲。

「好，麻煩押證件喔！」女孩帶上笑容，還起了身遞過單子讓闕擎塡寫。

睫毛好長，而且眼睛眞好看……女孩眞想再多觀察一會兒，因爲闕擎的雙眸就像是框了黑色眼線似的，深邃迷人。

「好了。」他把單子遞上前。

「……喔！」女孩抓準機會偷瞄了眼，沒有眼線耶，但是這男生的眼睛眞漂亮，神祕感十足呢！

遞給他一張暫時會員卡時，突然發現單子上面沒有塡手機。

「我沒有手機。」闕擎沉著聲主動回答。

「嗄？」女孩有點錯愕，以爲自己聽錯了。

「我沒有那種東西。」他指尖壓住卡，把卡挪了出來。

看著闕擎進入的背影，女孩雙眼都冒愛心了，這人設也太符合了吧？越帥越怪？

闕擎看著牆上的地圖往體育館裡走，他就不懂了，外面多的是地方可以約，那女人爲什麼偏偏要約在體育館？還游泳池？

穿過了男士更衣室來到了池畔，突兀的他輕易成爲焦點，許多女孩留意到那修長細瘦的身影，特殊風格的神祕男子，但闕擎一心只撲在厲心棠身上——這麼大一片泳池，每個人都蛙鏡泳帽的，他是去哪裡找得到——

嘖！他嘖了自己一聲，旋過腳身筆直的朝左方去，他還眞的一秒認出來了。

厲心棠正在第三條泳道上，她身上有著詭異的氣息，一種黑綠色的東西卡在她身上，並不具有威脅性，但那絕對不是人類的東西……奇怪了，上次還沒有那玩意兒啊。

「大哥哥！」

右方看台上突然出現興奮的聲音，闕擎狐疑的向上方看去，赫見昨天那個在河邊失事現場的孩子！

「你——」闕擎即刻朝著他走上去。

詹冠廷發現闕擎認得他，喜出望外的想要奔下來，但才跨出一步，卻又遲疑的不敢動……因為棠棠姐姐叫他絕對不能離開這一排。

闕擎走了上來，很意外的打量他。

「姐姐說你會來，真的來了！」男孩開心的仰著頭，淚水不自覺的滑落。

闕擎一怔，他並不善交際，尤其面對孩子……這種莫名其妙掉淚的情況，他不知道怎麼處理。

「姐姐……你認識厲心棠？」轉向左下方，俯瞰著那到了終點、又折返繼續游的身影。

「嗯，你昨天不見了，我就跟著她……我……」男孩仰起頭，抽抽噎噎的說起了他也看得見亡靈的經過。

聽完一輪後，闕擎就知道他應該是那位乾兒子水鬼救下的男孩了，經歷生死後獲得能力，這倒不意外，雖然能把這孩子嚇得不輕。

「你幾歲？」這麼小，「八？九？」

「七歲了。」

「喔，呵……」闕擎竟笑了起來，「放心，我們人類適應力很快的。」

「那要怎麼辦？我好怕他們……」邊說，他還戰戰兢兢的張望，這個體育館裡也有啊……

他們的上方鐵架上，就有一個吊死的亡靈在那邊晃呀晃……晃呀晃的……

「不要看他們就好，裝作跟之前一樣，你以前怎麼過日子，現在就怎麼過。」闕擎從容的坐了下來，「你必須習慣他們的聲音、腐爛的氣味，或是突然在你面前出現……」

咦！突然出現？詹冠廷當然經歷過了！他緊閉起雙眼，不想再次想像那一幕。

「不習慣不行，就算他們橫在你面前，你也得穿過去。」闕擎認眞的看著他，「因爲，你不該看得見。」

可是，他就是看得見啊……小孩子望著闕擎淚眼汪汪，這個大哥哥究竟怎麼做到的？

「那……那個阿姨是不是一直在找小孩子？」他提起了河裡的水鬼，「我今天經過河邊時，我看見她也在那邊！」

阿姨……闕擎意識到孩子說的是昨晚在他身邊尋找的女人，那個強硬把某個男孩拖進河裡的爛水鬼。

「你看錯了吧？她昨天都抓過交替了，我想應該已經離開了。」其實他一點都不關心其他水鬼如何，或是昨天被抓走的小孩有多無辜。

他現在關心的是明翰的身世，昨晚他思考過他掌心的圖案，緊緊握住留下的痕跡……物品不會大，輪廓是圓形，但上頭要有這樣圖案的圓形物品感覺很多，但硬要想卻想不到。

因爲圖案必須是立體的，才能留成印記啊。

「哥哥會驅鬼嗎？」

「不會。」

「那你什麼時候開始看得見的？」

「不記得。」

「他們會一直來找我嗎？」

「會。」闕擎一點兒都沒想隱瞞的意思，「你不要讓他們知道你看得見就好了。」

好難啊！這就是最難的地方了啊！詹冠廷邊想，豆大的淚又往下掉。

看著隔壁的孩子繼續哭，闕擎第一時間起身往下走，他不安撫人的，小孩子太麻煩。

泳池裡的厲心棠在游到另一頭時略作休息，也注意到已經來的闕擎，在池裡開心的揮著手，不過闕擎當時正在跟小孩子說話，完全沒理她；她扭扭頭子，打算再來一輪兩百公尺。

故意叫闕擎來，就是要他教一下無辜的小男孩嘛，再然後……她好想知道，昨天那個水鬼到底是誰？

闕擎一路走到了泳池邊，不耐煩的看著遠方還在游的厲心棠，這傢伙體力倒不錯，可以這樣連續折返游，但問題是他沒時間在這兒瞎耗，他只想快點找到明翰究竟是十年前哪一位溺死的人。

他也查過十年前的溺斃案了，很慘的最後恐怕只能採取實地走訪刪去法，因爲新聞也都沒寫出全名的，要一一找到難如登天！

泳池裡一堆孩子衝來奔去，闕擎厭惡的左閃右躲，突兀的他引起許多人的注意，幾個女孩還故意上岸展現好身材，要是可以，他眞想立刻把厲心棠從水裡拉起……哎！

又一個人從他身邊走過，這會兒他眞的是沒路可以閃……嗯？

他回身去看剛剛差點撞上他的人，但回頭卻是好些人或上岸或行走或準備下水，他剛沒留意到對方的模樣，只是突感不對勁……因爲，有條很細很長的繩子，飄在與他擦肩而過的空中。

剛剛，有誰是不是提過繩子？

怎麼……正在水下悠游的厲心棠突然感到不適，一種煩躁的情緒湧上，她緊張左右察看，這附近有亡靈，而且是個焦躁又帶著怒氣的亡者！

先浮出水面換個氣，闕擎此時恰巧沒留意她浮上，等到再回頭時，她已吸足了氣潛下水去。

九點鐘方向，有孩子的腳像黏在地面似的，卡在水下！

厲心棠即刻游過去，這裡是深水池，那孩子看上去才小學生，根本是踩不到底的身高，救生員在做什麼？沒瞧見有人溺水嗎？

眞的溺水跟電影演得才不一樣，不會有什麼拼命打水花的掙扎，更多的是表面的平靜、水下的慌亂，與眨眼間的虛脫！

厲心棠努力讓自己貼著水底游，來到男孩面前，即刻把他往上……往上……動不了？她低頭瞧著他的右腳，爲什麼像釘在上頭似的？

跟著水波漂盪，一條紅繩突然自厲心棠眼前漂過，她呆呆的順著紅繩望過去……某張泡水爛到令人驚恐的臉龐，直抵她鼻尖！

哇啊啊——厲心棠嚇得尖叫，空氣一瞬間從肺部流失大半！

『他必須死——』紅棕色長髮在水裡漂散著，女人扣著她的雙肩，就要將她扯開！

不行！厲心棠努力伸手擋住女人，現在她瞧見了，是這個女人的右手抓著這男孩不放！

走開啦！厲心棠半側過身子，試圖用右肩撞開女人，甚至不客氣的扯住她的長髮，直接往前游去！

她知道的，這些泡在水裡的水鬼們，身體組織沒有多強健！結果她想錯了，準備往另一側游的厲心棠完全挪動不了水鬼，還反被女人抓住了手，壓上地面！

唔哇！她是趴著被壓上地面的！這能有多狼狽啊！水鬼踩著她的頭，手卻沒放開過那小男孩的意思……不行，厲心棠空氣不足了，她沒有氣力掙扎，趴在地上的她，看著水底的粼粼波光，正照映在她手指上的銀色蕾絲戒指上。

向上一伸，將戒指努力貼上了水鬼的腳。

『嘎——』水鬼像被高射砲擊中般，直接咻地向後退，遠遠的撞上終點的牆面消失，卻也激起了一股莫名水花。

「哇！」正在池邊聊天的女孩們嚇了一跳，這莫名的波動是什麼？水甚至賤上了外頭地面，闕孳疾走而至。

同時間，池中間緩緩浮上了一個男孩……

「嗶——」救生員嚇得站起，吹響了哨子，「嗶——」

「有人溺水了！」隨著救生員跳入，在附近的泳客立刻將男孩翻過來，緊接著一群人手忙腳亂的把男孩搬到岸上去！

「小弘！」滑手機滑得正開心的爸爸驚恐的從上面奔下，結果太過緊張雙腳絆倒，竟還直接從看台上淒慘滾落，「哇啊啊——」

磅！一波未平、一波又起，這邊在搶救溺水男童，上面的父親從高處落下，途中撞上諸多座椅，看起來骨頭鐵定摔斷，哀鳴聲此起彼落，又有另一批救生員跑去照顧父親。

所有人的視線都停在泳池東南側的混亂，也就沒有人留意到，池底還有另一個也爬不上來的人。

厲心棠痛苦的試圖掙扎，但氣力漸失的無濟於事，她被卡在排水孔那兒，並非那兒具有吸力，但此時此刻是管子裡有一隻手，緊緊拉著她，不讓她離開！

『他一定得死，妳不懂！妳懂什麼——』水鬼在管道裡嘶吼著，『誰都不許阻止我！』

厲心棠試著將手往後伸，拿那純銀的戒指做文章，但她根本……最後的空氣自肺裡冒出，厲心棠劇烈的抽搐數下後，漸漸軟下了身子……

叔叔……

噗嘩——上方伴隨著尖叫聲，一個未著泳衣也未脫鞋的男子跳下泳池，疾速的游向了厲心棠，蹲低身子的他環住她的腰，直接向外扯，果然跟著扯出一隻腐爛的手。

『他一定得死，你們不可以這樣！』

伴隨著怒吼聲，女人的頭從扁小的水管裡扭曲變形的擠出來，張大的嘴如魚嘴，小小細密的尖齒朝著闕擎咆哮，他試著要拉開厲心棠卻無能爲力，厲心棠的雙眼看著他，然後緩緩閉上。

闕擎倏地掐住水鬼的頸子，迫使水鬼看著他，就算那像死魚般的凸眼多噁心，她也必須看著他。

『啊啊——不！不是我的錯！』水鬼倏地鬆手，崩潰得縮回了管道內，『從一開始就都是他的錯！』

水鬼手一鬆，闕擎即刻把厲心棠往上帶，同時間上頭也出現一隻手抓住了她的胳膊，總算有人發現到水下的異狀了！

「沒事吧？」一個女孩將厲心棠整個拉起，「這邊也有人溺水了！」

女孩轉身大喊，救生員簡直懵了，他們沒這麼多人力啊……爲什麼會有這麼多人同時溺水？

路人趕緊先把厲心棠撈上岸，再拉起闕擎，他穿著普通衣服，遇水一濕就沉得要命；而那個先把厲心棠帶上岸的女孩子動作俐落，二話不說直接展開人工呼吸。

「還有誰會做CPR？」她一邊急救一邊大喊，雙手交握後擱在厲心棠胸腔中央，已經心外按摩。

「我會。」滴著水的闕擎也趕緊走了過來，「你——退到看台上去！」

他莫名其妙的一聲大吼，眼睛瞪著的是後方跑過來的一個男孩。

詹冠廷頓時嚇得噤聲，原本靠近泳池的他不假思索的聽話，趕緊爬回看台區。

救護車已經抵達，幸運的是才第一個三十秒，厲心棠就吐出了一大堆水，轉醒過來。

「咳……咳咳咳……」她咳得異常痛苦，但總算是把水都咳出來了！

虛脫的躺在地上，漸明的視野裡看見渾身濕透的闞擎，伸手抓住他的手，痛苦的皺起眉。

「那個……那個男孩……」

另一頭正慌亂著，救護人員一邊做著急救，一邊抬起擔架，而在地上的爸爸小腿骨穿刺性骨折，悲鳴的哭嚎響徹在泳館裡。

「小弘——小弘他怎麼了？」

「先生，你先不要動，我要幫你固定。」醫護人員說著，男人痛得叫了起來。

闞擎沒有隱瞞，正首看向躺在地上的她，搖了搖頭。

「天哪……我發現得太晚了！」厲心棠難受極了，「我發現……發現他時……已經在水下很久了。」

「妳應該沒事了，我去跟救難隊說一下。」救她的女孩起身，熟練的前往準備過來的救生員們。

看起來不過高中生的年紀，但行事卻很沉穩，急救也做得很好。

「得好好謝謝對方。」闞擎抬頭看向其他人，許多人趕緊帶著大浴巾過來，爲厲心棠披上。

她被扶著坐起，眾人你一言我一語的，要遞水又要扶她去休息的。

只是最後，幾個媽媽們看向了闕擎。

闕他屁事！闕擎心裡這麼想，但還是主動上前，扶過了厲心棠。

「她身體很好的，只要休息一下就好，我們先到看台那邊就行了，感謝各位。」場面話闕擎還是很會，客氣的跟大家一一道謝。

不一會兒，醫護人員還是過來察看厲心棠，確定她正常後，仍然交代她或許可以去醫院再檢查一下。

「我沒事的。」她笑了笑，「剛沒氣就被救上來了。」

「妳為什麼會溺水呢？」醫師比較憂心這件事，「同時間兩起？」

「我……」厲心棠虛弱的笑笑，「我腳抽筋了，那時又快沒氣，之前在深水區也踩不到底就……」

救生員狐疑的到泳池邊察看，他們只說下次小心，討論著應該要調監視器來看，而且他們真的沒人注意到那個孩子的溺水！

場館的人送來了熱水，女孩首先遞給了闕擎，闕擎轉遞給厲心棠，詹冠廷這時才敢從上方走下，憂心的坐在他們身後的看台上。

「鬼遮眼了，應該沒人看見吧？」厲心棠捧著熱水，幽幽開口，「就像也沒人發現我被卡住一樣……」

她突然感激的看向闕擎，眞的幸好他注意到了！

「我還是先看到那個水鬼的，你！」他回頭問向詹冠廷，「繫著紅繩的阿姨對吧？」

詹冠廷什麼都沒說，只是臉色慘白的點著頭。

他剛剛，在水裡看見了那個阿姨了！但是他聽話的別過頭，跟別的小朋友聊天，絕對不能讓阿姨知道她瞧得見他！

「而且妳不見了，又有人溺斃，全場都不正常。」闕擎抹著前髮不停滴下的水珠，對於那個女人非常費解，「她已經抓過交替了，而且怒氣這麼重……她是想殺人！」

「她不停的跟我說，那個男孩必須死。」厲心棠又喝了口熱水，「什麼叫必須死？昨天一個，今天又一個……」

他們應該要去問問明翰吧？水鬼是可以這樣的嗎？

此時場館的人奔至，深怕會被告的說要叫車送她回家，還要送闕擎衣服，好讓他換下身上那身濕衣裳，總之無微不至到闕擎很反感，他冷冷的說聲謝，抓了衣服就逃到更衣室去了。

厲心棠也在女性員工們的攙扶下往女更衣室去，只是走沒幾步，兩個人同時回頭指向高台上的詹冠廷。

「我會乖乖的。」識時務者為俊傑，孩子在他們開口前先自個兒說了，這孩子非常聽話。

厲心棠到更衣室洗了個熱水澡，但還是覺得欲振乏力，人類在求生時的爆發力驚人，但也跟著耗盡氣力；她很能明白被暗流捲走的人為什麼往往會溺斃，因為死前拼命掙扎，等到眞的能游時，就已經游不動了。

看著蓮蓬頭灑下的水，不由得想到那個紅繩女人，在那條河淹死的傢伙，竟也能到泳池裡造次啊……這間泳池沒出過事嗎？這裡的水鬼允許這種事發生？

她換好衣服後吹著頭，服務人員像等著她似的，這次居然送出了薑茶，她有種受寵若驚的感覺。

「我不會找你們索賠，不要這麼緊張。」厲心棠趕緊說明，不然她會喝不下的。

女人嘴角微抽，最終鬆了一口氣，「……謝謝。」

但她還是忍不住抹了抹淚，雖然眼前的女孩不追究，但剛剛溺死在泳池裡的男孩也足夠讓她的場館付出代價了。

「我想請問一下，這裡之前有出過事嗎？淹死過幾個？」厲心棠超級口無遮攔，負責人當場愣住。

「妳、妳妳在胡說什麼！」她突然激動的喊著，「我們這裡沒有出過事，開業五年來從來沒有出過意外，我們……」

「是嗎？」厲心棠根本沒在聽她的激動辯解，她只知道如果沒出過事，所以泳池裡不會有當地水鬼，才能讓別的水鬼這樣登堂入室搶機會啊，「我明白了。」

嗯？負責人一怔，她明白什麼？

「這次眞的意外，我知道妳會游泳，也在這裡游了好一段時間了，我們的救生員總是兢兢業業，他們……」

「我知道我知道！」厲心棠打斷了負責人，「我都明白，我要吹頭髮了，讓我靜一靜好嗎？」

負責人完全搞不清楚這個女孩想做什麼，現在明擺著就是下逐客令了，她突然沒理由的一股氣，但也不好說什麼，就是摸摸鼻子的離開了更衣室。

吹風機在耳邊響著，厲心棠邊吹頭髮一邊思考著出神，身後走出另一個沖洗完畢的女孩，隨手擦著一頭短髮，抬首看見鏡子裡倒映的女孩時，那頂泳帽讓厲心棠立即轉過身去。

「咦？剛剛是妳救了我嗎？」她連忙關上吹風機。

女孩看著她，有點尷尬的笑了笑，「沒什麼，舉手之勞，上課有教過。」

「謝謝妳！」厲心棠由衷的道謝，雖然她覺得胸口被壓得超痛的。

「沒有啦，其實是妳男朋友先跳下去，我們都嚇到了，因爲他沒穿泳衣啊……但我覺得有點奇怪，他在下面太久，我也注意到他拉著妳趕緊過去的。」女孩看上去比她小很多，「護理課剛好有教過ＣＰＲ，我也是現學現賣。」

「無論如何，妳還是救了我。」厲心棠只知道這一點，噢，當然還有闕擎，她會另外謝謝他的啦！

兩個女孩聊著天，那個女孩是高中生而已，她上次考試考得好，換得一天公假出來休息，因爲課業壓力很大，她都是利用游泳減壓！只是談到那個溺死的小男孩時，她覺得有點可憐，因爲這個泳池其實相當安全，而且這麼多人在這兒，竟然無一人注意到男童沉在那邊。

厲心棠微微笑著，她不能對女孩說，因爲鬼遮眼啊。

她們走出來時，闕擎換上了該俱樂部的Ｔ恤跟運動褲，形象清新到厲心棠都傻眼了。

「哇塞……」她上下來回的打量著，「有夠不好看的耶！」

闕擎一臉不耐煩，剛剛負責人老公在男更衣室那邊纏了他半天，好說歹說就是叫他們不要提告！

關他屁事啊！

「可以走了嗎？」這五個字他都是咬著牙說的。

「唉唷，我現在身體很虛，要慢慢來……」她一邊說，眼睛還是盯著他不放。

終於，耳機拿下來了，眞是個不管穿什麼都好看的傢伙，縱使換上不協調的裝扮，一樣不影響他那雙漂亮的眼睛跟神祕標緻的臉龐。

「那我先走了。」高中女孩換上制服，笑著跟他們道別。

啊，闕擎這才留意到有別人似的，敷衍式的頷首打招呼。

「謝謝妳救了我喔！」厲心棠還在道謝。

哦，是剛剛爲厲心棠ＣＰＲ的女孩嗎？居然是高中生，但今天不是假日啊，爲什麼會在這裡？不過看制服是第一高中的學生，女孩將外套跟東西擱在椅子上，開始換穿鞋子。

包包上的東西發出清脆的聲響，是個精緻小巧的掛飾，一枚鈕扣加鈴噹，金色的物品襯在藍色書包上很好看。

「……等等！」闕擎突然衝了過去，嚇了女孩一跳。

他即刻蹲下，動手察看了那個吊飾。

詹冠廷拉著厲心棠的衣角，不明所以的抬頭。

「別看我，我不知道怎麼回事。」她嗶卡離開時，闕擎已經主動拆下人家的東西，「喂！」

「這是哪裡來的？」闕擎神情嚴肅的問著高中生，一邊把東西朝厲心棠這兒丟來。

她俐落的接過，握在掌心裡好打開，不就一個鈴噹加扣子嗎……金色扣子，是，看起來很像英國風服飾上會有的華麗……扣子？

厲心棠當下倒抽一口氣，倏地握住扣子，死命用力的握住。

「那是……幸運符？」高中女孩明顯皺眉，在驚訝中帶著一絲不悅，「那是我花高價買來的，請你們不要亂拿好嗎？」

「這個扣子是哪裡來的？」闕擎擋住她逼近厲心棠的動作，「我就問那個扣子。」

女孩完全不悅，「你們幹什麼啊，可以這樣亂拿別人東西嗎？這東西是我的，我——」

她氣忿的抬頭迎視著闕擎。

然後止了聲，兩秒後，眼神像痴呆般的放空，正首看著厲心棠……不，厲心棠咬了咬唇，女孩不是在看她。

「扣子，哪裡來的？」闞擎再問了一次。

「上網買的，那是第一高中的菁英制服外套扣子，因爲外套只有一屆有，被視爲幸運符，有人拆下扣子在網上拍賣，可以保佑我們考上第一大學。」女孩喃喃的回應。

厲心棠張開掌心後，闞擎主動將吊飾扣回原來的地方。

接著連聲招呼都沒打，逕自離開了俱樂部。

「不好意思，再見。」厲心棠趕緊對女孩說著，一邊用手機拍下自己的掌心。女孩毫無反應，依然只是呆站在原地，俱樂部櫃檯女孩們都一愣一愣的，目送著厲心棠帶著孩子離去。

「同學？」女孩們喚著女高中生，「同學！」

喝！女孩像從夢中驚醒般的顫了身子，茫然的左顧右盼，像失神似的……

「啊！我的幸運符！」

她尖叫出聲，氣急敗壞的回頭，赫然看見自己的幸運符就在包包上。

再一次環顧四周，闞擎他們已經不在了……剛剛，發生了什麼事？她怎麼不記得了？

俱樂部不遠處，闕擎拽了厲心棠到路旁，察看她攤開著的掌心，根本不必對照，她也知道這就是明翰掌上的那個紋路。

「我的紋路很清楚，明翰的只有右邊三分之二。」厲心棠做了握拳的動作，「有可能握住扣子時是斜面的？」

「至少知道了那是第一高中的什麼菁英制服扣子，而且是限量版，還眞是好找。」闕擎難得露出笑容，覺得一下縮小了範圍。

「基本上，十年前自殺的學生中……」厲心棠實在很不願意潑他冷水，「沒有一個是第一高中的……」

嗯？闕擎一愣。

但這個圖案就是第一高中的限量扣啊，明翰手裡的限量扣子是怎麼來的？

第五章 跳河或是落水

穿著國中制服的男生拖著步伐在路上行走，微胖五短的身材不是他引人注目之處，但他的走路方式，眞的是「拖」，鞋底發出沙沙聲響，彷彿要去面對什麼生死交關的難題，叫他舉步維艱。

走到一半，他甚至停了下來，突然跑去便利商店裡購買一堆零食，還有一杯冰沙，坐在路邊囫圇吞棗的吃著。

「喂，肥仔！」腳踏車在他面前停下，「你怎麼在這裡？」

男孩抬頭看了雙載的腳踏車一眼，滿嘴都是冰的繼續低頭狂咬波蘿麵包，一副餓死鬼投胎的姿態。

「喂，你沒事吧？」站在後面的同學不安的問著，「你現在不是應該去補習班嗎？」

聽見補習班三個字，胖男孩顫了一下身子，「我不想去。」

「喔喔，資優生也有累的時候喔！」騎車的男孩聳聳肩，「我們要去玩，你要去嗎？」

胖男孩再看了他們一眼，兩個人背上都揹著滑板，他們曾是同學，在他分到資優班前，大家其實還有說有笑。

他還是搖了搖頭，「我又不會玩你們玩的那些。」

「去看看也好啊！」同學鼓吹著，「你看起來心情很糟耶，說不定去玩玩就會好了。」

胖男孩看著手上的食物，用力擠出一抹笑容，「我吃點東西就好了！」

兩個同學互看一眼，感覺得出男孩的拒絕，也不好勉強人家。

「好啦，那我們走囉！你眞的沒事厚？」

胖男孩用力點了點頭，眼神卻無比的憂傷。

同學最後還是騎車走了，而胖男孩則兩口吃掉一個波蘿麵包，吞掉一枝冰淇淋，再拿起冰沙猛灌，期間還把巧克力倒上手掌心，一口氣塞進嘴巴裡。

嚼呀嚼，嚼呀嚼，這些都是他愛吃的東西，他要好好的放肆品嚐，人家說食物可以帶來幸福，他把最愛的東西都吃下去，應該會覺得比較開心了吧？

眼淚滴進咬一口的第三個麵包裡，淚水迅速滲進麵包內，男孩眼鏡下的雙眼積滿淚水，忍不住哭了起來。

今天的模擬考發下來了，他的成績……慘不忍睹。

他從來就不是資優班的料，當初是如何拼死拼活才考進資優班的，他自己比誰都清楚，待在那個人人都很聰明的班級裡，他每天都覺得快要喘不過氣了。

無論大考小考，他總是敬陪末座，大家在課堂上一下就聽懂的東西，他回去看了十遍還是無法理解，所有的一切都只能死背再死背。

這種靠死背出來的成績能有多好？他根本就不是讀書的料啊！

成績發下來，他不但是最後一名，而且分數奇慘無比，是那種非資優班的學生都能考得比他好的成績，同學光明正大的恥笑他，老師語重心長的要他考慮是否要待在資優班，這個班並不適合他。

他知道啊，他比誰都清楚自己根本不適合這個班，但是——誰去跟他的父母說啊？

是爸媽逼他唸書的，他每天只睡四個小時，有誰知道他的苦？午覺也不得閒的必須去圖書館唸書，只要考不好就得面對家裡的冷嘲熱諷跟精神虐待，他已經快要受不了了！

大考在即，他不敢想像自己要怎麼撐過最後一關，爸爸已放話，除了第一高中外，他沒有別的選擇……他只能考第一大學，否則重考十年，也不會放過他！

現在的日子就已經生不如死了，且他心知肚明，他是考不上第一高中的。

咬下帶著淚水苦澀的麵包，每一口都這麼的酸澀難嚥，如同他的人生。

他把買來的所有食物都吞下，塞不下去就灌水吞入，接著重新起身，再痛苦，他還是只能繼續往前走。

男孩走上了橋旁的人行道，他今天實在不想上課，索性翹了補習班的課，回去一定會很慘，反正考成這樣也沒好日子過，索性就把所有壞事都一起做吧！反正再差還能差到哪裡？跪著吃飯？用狗碗用餐？哼！這不是日常嗎？

沉重的步伐一步步往上，可以的話，他眞希望不要回家。

幽幽的往橋下的河川看去，這條河最近出了許多事，很多孩子都溺斃在這裡，有傳說說連在岸邊玩的孩子都像是被拖下去似的，水鬼的新聞甚囂塵上。

男孩緩下了腳步，水鬼的話……

「哥哥……」

右方的防波堤上匆匆奔下幾個人影，在這風聲鶴唳之際，還有人會接近河邊實屬少數，而且還有小孩子？

「你站遠一點，越遠越好。」闕擎指著詹冠廷說道，「厲心棠，妳也不要太前面了，剛剛才差點淹死。」

「我是……」聞言，厲心棠還是收了足尖，溺水的感覺太痛苦。

那種掙扎與水拼命灌滿肺部的感覺，她是萬萬不想再嘗試一次了……她抓起石頭，就往水裡扔去。

「明翰！」她放聲呼喊著，「明翰！我是棠棠！」

詹冠廷站在遠處，有點糾結恐懼，水裡有好多……好多那個喔……他雙腳不自覺的打顫，闕擎只是淡淡瞥他一眼。

很多事還是要自己學習，如何做到眼不見，是他要修行的功夫。

不過他下意識還是站在男孩附近，以那種能上岸的凶殘水鬼來說，把他們從這裡拖進水裡淹死，也不是難事。

河面上剝剝剝的浮動著，緊接著一顆頭、兩顆頭……三顆頭，越來越多的頭顱冒了出來，男孩都快嚇尿了，那一個個都好可怕，他雙腿一軟直接跪上了地。

其中一個清秀的男孩最靠向岸邊，接著緩步竟走了上來。

「哇……哇啊！」詹冠廷二話不說，直接抱住了闕擎的腿。

「喂！放手！」他抽著腳，男孩卻只是抱得更緊。

明翰走了上來，他今天還換了一套淡藍色的POLO衫，顏色與天空相映襯。

闕擎忍不著皺眉，這水鬼偶包也太重了吧！每次換衣服呦！

「妳……」明翰一上來，看見厲心棠的樣子就覺得不妙，「出什麼事了？」

「我不是重點啦！你看這個！」厲心棠將手機翻拍的扣子轉給明翰瞧。

明翰望著照片，略微蹙眉，眼裡載滿疑惑，瞄了厲心棠一眼，再看向照片，眉頭始終未曾舒展。

「什麼？」

「你掌心上的圖案啊！」厲心棠指指自己的手心，「我剛握在手中，留下了一樣的圖案……」

無奈時間過久，掌心上的圖案已淡，她最後還是只能出示照片。

明翰這次瞬間亮了雙眸，跟著攤開自己的左手，兩相對照之下，幾乎是一模一樣！

「這是什麼扣子？」明翰突然激動起來。

「第一高中的資優生扣，十年前只出現過一年的限量版外套制服扣。」厲心棠期待般的看著他，「你有沒有印象？你是不是曾經是第一高中的學生？」

明翰非常錯愕，「我？」

他曾經是第一高中的學生嗎？明翰希望有片段回憶湧現，但是即使看到那枚扣子，他腦袋裡還是一片空白，連勾起一點點回憶都沒有……甚至，扣子是怎麼在他手上留下印痕的，他都沒有記憶。

水裡浮現許多水鬼，或遠觀，或是飄移，詹冠廷噙著淚不敢看，大哥哥真的抽走腿不讓他抱，他如果現在逃走的話，附近的阿飄就會知道他瞧得見了對吧？

不過數步之遙，樹下就有幾個亡者，正睜著一雙眼陰沉的望著他咧！

他必須假裝看不見，假裝什麼事都沒有……他抹抹淚，鼓起勇氣看向河……咦？從明翰身後飄過一個身影，男孩突然愣住了！

是阿強！那個是阿強耶！他邁開步伐往前跑去，聞聲的闕擎即刻回頭。

「站住！」闕擎回頭伸出手，「做什麼？」

「阿、阿強……」詹冠廷說得發顫，那個為了救他而溺水的同學啊！

「後退。」闕擎下著令，接著正首走向河邊。

他知道那個新聞，雙眼迅速的梭巡滿滿一條河的水鬼們，這男孩出事才兩週，阿強應該是新生的水鬼。

「不必努力了，明翰眉頭都要皺成一團了，他還是沒印象對吧？」闕擎主動開口，「他記憶失去得很徹底——」

明翰為難的看著厲心棠，點了點頭。

「或是，你不是第一高中的學生……」厲心棠提出了另一個可能性。

「我不知道……」明翰苦笑著，「我連握它在手中的記憶都沒有，究竟為什麼會印在我掌心裡呢？」

厲心棠略嘆口氣，跟上次的鬼大姐眞不一樣，上次只找到一點點線索，鬼大姐就可以想起生前的一切，還外加腦補，但明翰看起來是眞的什麼都想不起來。

「沒關係，幸好只有十年，資料還是找得到的。」厲心棠立刻對自己加強信心，至少，他們可以從跟學生有關的案子找起，「或者你想考第一高中，國中生？」

明翰的年紀是青少年，十五、六歲，本來就有可能是國中生。

詹冠廷的眼神一直在河面上搜尋，看著那個偶爾浮出水面、偶爾沉下的阿強身影，他很想很想……親自跟阿強道謝。

「我同學，能記得我嗎？」他鼓起勇氣，對著明翰問。

這個水鬼哥哥看起來跟一般人眞的沒什麼兩樣，而且還挺好看的，他……比較不怕。

明翰自然記得詹冠廷，兩週前他出手救的就是他。

「不會記得的，就像哥哥也不記得自己生前的事，連怎麼死的都不知道。」明翰明白告訴孩子，「不管之前你們再怎麼要好，他都不會記得……」

「更別說他是新生的水鬼，現在很多意識都還沒恢復。」闕擎對亡靈倒是很熟，「只怕連自己是什麼都沒概念了。」

明翰聞言點頭表示贊成，事實上阿強比他們想的還早醒來。

「可是……可是他是爲了救我才……」孩子其實不太能接受，他無法明白，

「阿強不可能不認識我啊！」

唉……明翰只有嘆氣，人鬼殊途，有時說的不只是陰陽相隔這樣簡單而已。當死亡的瞬間，幾乎就與人世間的一切斷絕得差不多了。

「他不面對是不會信的。」闕擎涼涼的看向詹冠廷，「問題是你有勇氣下水嗎？」

「喂！」厲心棠即刻阻止，「這時候下水還得了，找死嗎？」

詹冠廷恐懼的搖著頭，卻突然扯開了嗓子大喊，「阿強！」

這叫聲果然驚動了河裡的水鬼們，有幾個人紛紛往岸上這邊看來，但是沒看見阿強，詹冠廷緊張的再度喊著，多希望可以看見那個救他的朋友。

厲心棠默默望著明翰，出手的明明是他，但是明翰覺得不需要說。

好不容易，阿強浮出了水面，卻是隨波逐流般的漂浮著，空洞的眼神往這兒飄了過來，但沒有任何表情。

「阿強！我是詹冠廷啊！」詹冠廷激動的往前，鞋尖涉進了水裡。

誰？

一股帶著強烈疑問的情緒突然從河裡傳來，直襲向厲心棠，她緊張的向後退，雙拳即刻緊握，緊接著發起顫來。

闕擎見狀，揪著男孩的衣領往後拖。

明翰回眸，眉頭緊鎖，「爲什麼不放過他？」

誰？闞擎狐疑的望著明翰，他跟著正首多看了詹冠廷一眼，「叫他不要再接近水，別浪費了好不容易撿回來的一條命。」

語畢，明翰轉身要回水裡，厲心棠緊張的上前拉住了他。

「誰要殺他？」她趕緊追問，「那是明確的殺意！」

明翰推開了厲心棠，迫使她踉蹌，闞擎騰出另一隻手及時抵住她的背。

「這裡是河道，在裡面幾乎每一個水鬼都有殺意！」他苦笑著，「棠棠，別忘了水鬼抓交替，天經地義！」

只要誰敢入水，若非命夠硬，誰都無法逃過這一劫啊！

不過執著於同一個人，就有些不尋常了。

「阿強！」詹冠廷不死心的對著胖小子大喊，無奈胖小子卻充耳不聞似的，沒兩秒又沉入了河底，「他怎麼可能不認識我！」

喊著叫著，男孩終於哭了起來。

明翰回到了水裡，厲心棠不悅的蹲在地上，她感受到了質疑、驚訝還有殺氣，默默打量著詹冠廷，這些情緒是針對這小孩子嗎？今天在泳池溺斃的孩子也差不多年紀，難道是感應到詹冠廷，但殺錯了人？

「不是啊。這是絕命終結站嗎？」她托著腮，手肘撐著自己的膝蓋，「你之前就該溺死，逃過一劫違反了什麼規定是嗎？」

闕擎帶著詹冠廷持續往後，離岸邊超級遠，把他扔在地上任他盡情哭喊，孩子不懂事，悲傷就是哭一哭，發洩了便是；再從容走回厲心棠身邊，瞧她一副難受到站不起來的樣子，也只是用膝蓋自背後頂了她的背。

「明翰不認得扣子，然後呢？」

「哎唷……」厲心棠差點往仆倒，「……去找十年前溺斃的學生啊！有些新聞都在的，先從地緣的找起！我記得還是有個是資優班的國中生呢！」

「資優班？」闕擎挑了眉，「跟明翰感覺挺合的。」

厲心棠抬起頭，朝闕擎伸出手，他睨著她幾秒，還是勉為其難的伸出手，一把將她拉了起來。

噗通——

巨大的水花聲同時從厲心棠背後傳來，連闕擎都錯愕的看向水花處，厲心棠回眸看著水波漣漪處，傻在原地。

「剛那是什麼？」她緊張的抓著闕擎喊，「什麼東西掉下去了？東西？這麼大的水花……「是有人跳下去了吧？」

說時遲那時快，河道裡的水鬼激動起來，爭先恐後的衝上，這突然到來的獵物，多激勵水鬼心啊！闕擎看著這陣仗，就算落水者是游泳冠軍，只怕也難逃一劫啊！

「啊啊……」詹冠廷看得一清二楚，「好可怕！大哥哥大姐姐——他們衝過去了！」

「……這是不是明翰必須抓交替、還水鬼的人？」厲心棠突然開始脫鞋子了，「救人啊！」

「做什麼！」闕擎一把抓住，「妳是不要命了嗎？」

「我很會游泳啊，而且要快點救人！」她才在喊著，果然溺水的人開始掙扎！「你幫我拿包包……」

才把包包擱到闕擎手上，厲心棠卻整個人被往旁甩去。

「妳給我清醒一點，妳兩小時前才剛出事，現在有那個體力嗎？」闕擎覺得這女人真的是腦子有問題，「還是因爲你們家一堆魍魎鬼魅，所以這裡的水鬼不敢動妳？」

他可沒忘記，連河妖都不會干預抓交替這件事！

「……沒有這麼威啦！」厲心棠焦急忙慌的就想去救人，「重點是不能見死不救啊！」

「為什麼不能？」闕擎攔住了要衝下水的她，困惑的反問，「這是他對人生的選擇不是嗎？」

而且如果今天他們都是不會游泳的人呢？唯一能做的不是應該打電話報警就好嗎？不會游泳的話，誰都無法下去救人啊。

厲心棠不可思議的抬頭看著他，廢話都懶得說了，一把推開了他，「滾開啦！」

闕擎依然擋好擋滿，落水的人連完全的救命都喊不出來，水淹進了他的喉嚨後，蓋過了他的求救聲，接著他似是無力的沉了下去……或是被抓了下去也未可知。

「快點啊！他會被抓交替的！」厲心棠氣急敗壞的大喊著，扭著身子就要衝下去救人。

闕擎眞的是……無比的怒火中燒加上不耐煩！如果他現在鬆手讓厲心棠下水，生與死就兩個選擇，但不管哪一個，他都不認爲「百鬼夜行」裡的人會輕易放過他……光是簡單的領位者青面鬼，就足以把他生吞活剝了！

他覺得這輩子最後悔的事，就是踏入「百鬼夜行」啦！

「給我滾遠一點！」他突然使勁不客氣的推倒厲心棠，接著立即走進了河裡。

即使河道清理過了，但一下子進入水裡視線依然不是很清楚，冰冷的河水包裹住他，讓闕擎一時有些不適應；救人要緊，他筆直的朝著溺水者的方向游去，一路上只看見了一大堆的水鬼錯愕張望著。

許多水鬼看著他，但沒有想上前的衝動，反而是有些戒慎恐懼的打量他，看來他命夠硬。

腳下突然出現一隻手，他沒思考就直接一腳踹開，前往那被水鬼團團包圍的溺水者身邊去。

水鬼們正在打架互撕，爭成一團，那個還在垂死掙扎的人類被包裹在中間，有個水鬼正由後環抱住他，死死扣著不讓他有任何浮上水面的機會。

換了一次氣，闕擎再次潛入水底時，眼前立即是一個個腐爛的泡水屍們，他沒有猶豫的開啓無視，直接穿過他們的身體或頭顱，揮開了湧上的水鬼們，來到了溺水者的面前。

扣著他的，果然是明翰。

這是他兩週前救詹冠廷的代價，這一次他必須親自抓交替，把這條靈魂還給兩週前就可以離開的水鬼；明翰全程緊閉著眼不敢睜開，這是他成爲水鬼的十年來，第一次親手要奪去某個人的性命吧。

他恐懼、他不安也不捨，只能硬著頭皮做這件事。

闞擎往前，一把握住了明翰的手，他被嚇到的睜眼，不可思議的看著不速之客。

闞擎？爲什麼？他的眸子裡發出這樣的疑問。

他手臂圈的只是個男孩，身上還穿著國中制服，手裡緊緊握著的是一張像考卷還是成績單的東西，隨著水灌入肺部，男孩已漸漸停止了掙扎，手跟著鬆開，那張紙離開了手。

『他是我的——』右邊那等著要抓交替的水鬼看見闞擎意圖阻止，凶惡的衝過來，『我預訂的！』

水裡的水草像有生命般的纏住了國中生與闞擎，那忿怒的水鬼直接來到闞擎眼前，他卻不慌不忙的伸手箝住了該水鬼的下巴，看進他的眸子裡。

……咦？那水鬼突然面露驚恐，水草登時散去，連他自己都恐懼得想要掙開闞擎的箝制。

『不不……對不起——啊！對不起！』水鬼驚恐的慘叫著，逃命般的遠離了闞擎。

同時闕擎上前，欲扯開明翰的手，他不明所以的看著闕擎……幾秒後，他卻空洞雙目看著更遠的遠方，也跟著鬆開了手。

「嘩——」闕擎拉著國中生浮出了水面，仰頭看上，橋上有好幾個人正在往下看。

「救上來了！救上來了！」

「報警了沒！快點！」

闕擎拖著學生的身體往橋墩下游去，那張漂浮著的考卷被捲到遠處，在水裡被一隻蒼白的手給攔截。

某個水鬼緩緩打開，看著那張考卷，一些似曾相識的畫面與回憶湧動著……湧動著……

「救上來了！耶！」厲心棠在遠方的岸上大聲尖叫，「闕擎！有你的！」

『啊啊——』河底驀地發出吼聲，跟著無聲無息的波動自河底炸開，震盪了方圓十里所有的魍魎鬼魅！

哇——厲心棠雙手立即掩耳，被那情緒的波動震得跌坐在地，詹冠廷整個人呆在原地，附近樹下的亡靈們各自發出淒慘的哀鳴，瞬間溜得無影無蹤。

橋墩下正拼命拉著國中生的闕擎被嚇得鬆開了手，就是這麼一秒鐘，國中生的身體驀地又被拖了下去。

「給我住手！」他趕緊再抓住他的一雙手，咬牙把他拖上來。

河面冒出了半顆頭，一雙陰鷙的雙眸殺氣騰騰，與闕擎對視僅僅一秒，就已讓他冷汗直流！所以他一股作氣趕緊把國中生拉出水面，把他的雙腳都擱在乾燥的地面，就是不讓他再沾到一丁點兒河水。

剛剛冒出來的水鬼，並不是原本理應抓交替的那位，是打算趁虛而入的路鬼甲。

闕擎趕緊檢視學生，他已經沒了呼吸心跳，現在是黃金急救時間，但他對人工呼吸一點兒興趣都沒有；回頭看著斜後方遠處那個拼命在做手勢的女人，厲心棠喊著CPR……是當全天下每個人都會CPR是嗎？

「小子，算你運氣好。」闕擎又冷又濕加上氣喘吁吁，他還眞的會。

今天溺水的也不只是厲心棠好嗎？救人的也會累！挽起袖子，他開始對小子做起CPR，這個看起來簡單實則耗費氣力的動作。

沒有三十秒，小子吐出了一堆水，人是活過來了。

由於厲心棠很早就報了警，有一批急救隊員直接從橋上垂降而下，火速接手，闕擎才得以休息……可惡，他現在只感受到全身虛脫，要他游回去是免談，他應該要好好吃頓高熱量的食物，然後回家泡個熱水澡。

明翰的身分都還沒找到，結果扯了一堆有的沒的事……這水面下，有夠不平靜哪！

「同學，聽得見我說話嗎？」救難人員喚著男學生，「你叫什麼名字記得嗎？」

男孩迷濛的看著眼前的救難人員，淚水不自禁的滑落，然後痛苦的哭了起來。

「嗚……啊啊，我爲什麼沒有死？」男孩第一句話，令在場人士驚愕，「爲什麼不讓我死！」

一股無名火在闕擎腹中點燃，他握了握拳，想著要怎麼樣把這傢伙重新扔回水裡，保證百分之百可以死成！

要死還掙扎個屁啊！下次眞心想死的可以先在身上掛著牌子，寫著不要救我嗎？

「不能……喂！你不要激動！」救難人員使著眼色，看著學生情緒，可能需要點鎭定劑，「我們必須先將你送醫……你叫什麼名字記得嗎？」

他們已經找到他的學生證，正在確認他的意識。

「金子銘。」『金子銘……』

咦？闕擎警覺的聽見聲音，有亡者與之同步的唸著他的名字……有什麼東西在附近，並且認識這國中生嗎？

「很好，我們要送你去醫院囉。」救難人員溫柔的說，「有什麼事不能解決的？活著就都能解決。」

「呵……呵哈哈哈哈！」男孩子悲傷的笑起來，「永遠解決不了的！只有死──只有我死掉！」

他原本只是要散心的，眞的。

但走到橋的最高處時，他忍不住停了下來，儘管眼前是水泥叢林無聊單調的都市風貌，但高處依然有種吸引力，吸引他縱身躍下，告知他此後一了百了！誰說死亡不能解決問題？絕對能，因爲他再也不必處理了。

悲傷丟給誰承接給誰那就不關他的事了，很遺憾很抱歉，但他就是不想再活下去了。

拿出成績單時唯有更加悲傷，想著自己至少還要過幾千幾百個這種日子，他突然覺得呼吸困難，其實自己連一分鐘都無法忍受。

有一個方法，可以一勞永逸，那就是死亡。

「資優生耶！壓力太大了嗎？」救難人員低語。

資優生？闕擎再看了眼國中生，等等，這制服是岑南國中的資優班，剛剛厲心棠是不是提過這個例子？他也查過了新聞，十年前有個南中的資優班學生不幸落河身亡，定調爲意外！

他記得那個學生的名字叫……金子霖。

闕擎看著被抬放在擔架抬起的國中生，嘴角微微一笑，一切似乎也不是那麼無用嘛！

水裡盈滿了恐懼。

明翰在水裡四處游盪著，感受到莫名出現的威脅感，許多水鬼均在瑟瑟顫抖，他們恐嚇於藏在水裡的殺氣，那是連身爲亡魂的他們，都可能會被傷害的殺意。

黑暗籠罩了整個水域，殺意、恨意與怒意三項綜合的擴展開來，而且順著水流往各處去……他站在支流口，不安的看著通往管線的水流們，水下有什麼東西在變化，力道凌駕於一般水鬼，甚至已經可以上岸。

昨天有孩子被硬拖下水的事他知道，但不知道是哪個水鬼，抓交替的動作誰都不能干預，所以只能放任他們去抓；可是他也聽見其他水鬼在耳語，說著那個抓交替非常的凶狠且近乎違反規定，因爲那男孩只有足尖涉到了一點水而已。

如果水鬼裡有厲鬼，那可不是鬧著玩的，就怕大家都會被恨意吞噬，還沒來得及爲自己抓交替，反而還被吞噬融合的話，那未免也太衰了！

他應該去找乾媽說說，雖然乾媽出手的機會不大……總是得試試。

「你跟好我。」明翰拍了拍阿強，「一步都不要離開。」

阿強點點頭，他還不能言語，新生的水鬼，一切都很懵懂……所以才更脆弱更危險。

明翰帶著他在河底晃著，原本聚在一起等待著抓交替的場面已經不再，大家都紛紛避開，而且不知道是不是錯覺，好些個平常熟面孔的水鬼都不見了……總不會被吞了吧？

「愛車男呢？就有個頭髮微禿、老是趴在這裡的傢伙？」明翰在橋墩邊找尋，還有兩個姐姐也不見了！

別的水鬼聳聳肩，這麼多溺死的人，誰會記得誰去了哪裡？況且河道這麼大，誰不是漂來漂去？

眞糟糕，明翰極度不安，要是被吞了也不會有人知道的……他現在很希望棠棠明天可以再來找他一次。

因爲他必須讓她清楚的知道，水鬼這種東西，有水就能有鬼啊！

第六章
無處不在

南中的資優生，金子銘被救了起來，十五歲的男孩除了嗆傷外，沒有什麼大礙，在醫院裡受到安全的照顧，並且施打點滴給予養分；厲心棠跟闕擎也跟著抵達醫院，小朋友詹冠廷則聯繫了他的母親接走，畢竟醫院這種地方，他絕對會先被嚇死。

體虛的闕擎婉拒就醫，換了套乾淨的醫院服裝後自己說要去吃東西，一天換兩次衣服讓他不是很爽，全程擺臭臉，不輸血不檢查也不看醫生，一切的拒絕看在厲心棠眼裡，非常非常的詭異。

「你在隱瞞什麼？」坐在醫院餐廳裡，對面的厲心棠吃著越南河粉好奇的問。

闕擎只抬頭瞄她一眼，連句話都懶得說。

「你現在沒耳機可以戴了，應該聽得見我說話了吧？」厲心棠也沒在客氣，「我覺得你是不想給證件。」

闕擎大口的吃著麵，不置可否的聳肩。

「妳幾點上班？」

「還很早咧！」她吐了吐舌，別想這麼快趕走她，「你態度太明顯了……喂，你該不會是十大槍擊要犯吧？」

「那我身上殺氣應該夠重，我還需要進去妳家黑店要求幫忙嗎？」阿飄們眼睛比人類雪亮，殺氣夠重的傢伙他們才不敢靠近。

「嗯嗯……」厲心棠自己喃喃了句算了，大口再吞幾口河粉，接著搬出她的筆記本，「喂，那個學生姓金耶，你知道……」

「十年前有個溺斃的資優生，同一所國中，也是資優生，也姓金。」闕擎逕自接話，「我也查過新聞資料了，我覺得同一家人。」

「姓陳我還不敢說，姓金太明顯，名字還只差一個字！意外溺斃的是金子霖，這個是金子銘，該不會是兄弟吧？」差有點多歲，但並非不可能！厲心棠在名字上畫個圈，「不過當時的金子霖也還只是國中生，不該有那枚扣子。」

「暫時不要執著在扣子上，早上那個女生也說可以買得到的！踏實一點看能不能找到金子霖的照片，就能知道是不是明翰。」闕擎吞了口餛飩，「雖然我很懷疑他想得起來嗎？」

「遺忘說不定是福氣！唉唉！」厲心棠顯得很無奈，「他想起死前曾有的痛苦掙扎，卻不記得扣子或是學生時代的事，超詭異！上次那個鬼大姐啊……」

「上次那個鬼大姐是記起太多了，還想像出太多沒有的事！我寧願明翰這樣單純些！」闕擎回想鬼大姐的經歷，肋骨就隱隱作痛，「而且小朋友可能是關鍵！我也會查查詹冠廷家裡的事，說不定根本有關係。」

「咦？你說明翰可能跟詹冠廷是親戚嗎？」噢噢噢噢，厲心棠雙眼通亮，她完全沒想到這種可能性，「對耶！所以明翰誰不救，卻選擇出手救他，然後也因他想起片段……對了，還有小冠廷身上是有什麼魅力嗎？我可以感受到有人想殺他！」

「嗯哼。」闕擎同意的點點頭，「明翰也知道，明翰曾狐疑的喃喃自語說：為什麼不放過他。」

「對對對！是不能放過他！」厲心棠猛點頭，「我感受到的就是這種想法，不是恨，而是一種……一定一定要殺死詹冠廷的信念！」

闕擎停下筷子，厲心棠知不知道自己在說什麼？「信念？一般是我們用來形容一直要達成的目標吧？」

「對啊！」厲心棠認真點頭，「我沒用錯詞，就是信念！一種他必須死的執著。」

筷子停在半空中，闕擎漆黑的雙眸遙望遠方……只是個七、八歲的孩子，與世無爭，更不可能與誰結仇，為什麼必須死？

但很久很久以前，他也曾經聽過這樣的話。

『那個孩子一定要死！他必須死！』

厲心棠轉著眼珠子，發現闕擎出神了，伸出手在他面前搖了搖，「Knock Knock，有人在嗎？」

闕擎眼神一對焦，瞬間握住了她的手，就瞥她一眼，不耐煩甩開還外帶一個嘖。

「小學生不會跟人結仇……會的話也太扯。」

「我說了，沒有恨意，只有殺意，他、必、須、死。」厲心棠歪著頭，「我只感受到超堅定的想法，但那眞的是對詹冠廷，總不可能針對我吧？」

「已經警告他不要去玩水了，今天看見泳池出事，他應該也怕了。」闕擎大口的吞完麵，把碗推到一邊，「我們分工合作，去找十年前在那條河裡溺斃的人。」

他動手直接把厲心棠的筆記本轉過來，他知道這傢伙雖然被一群鬼養大兼保護過當，但是做起事來還是非常細心的。

十年前溺斃的案子不少，但在新聞能找到的資料不夠多，現在每天死的人太多了，在這個社會裡已經司空見慣到大家麻痺，溺死區區幾個陌生人根本沒有新聞價值。

「這幾個是女性，所以不符合。」厲心棠早就分類好了，「有一對是情侶，女生年齡不太符，男生沒寫清楚，詳情還是要查。」

十年前溺斃者多數是女性爲主，而且爲情自殺者多、剩下的是爲錢、久病，疑似憂鬱或家庭糾紛的母攜子自殺、還有失足落水意外身亡的……總之單身男性又符合明翰年紀的眞的很少，老實說範圍並不大。

以青少年來說，只有南中資優生金子霖、一對殉情的情侶，以及一個被背叛的男孩，而後面兩個還沒有詳細資料。

「金子霖這邊是現成的，其他兩個怎麼辦？我查過所有網路新聞了，篇幅小到炸。」闕擎有點無力，「還去找報導這則新聞的……警察呢？」

厲心棠眨了眨眼，對上他的雙眼，哎呀了聲，直起身子。

「這種舊案子要找老警察，跟夜店有關係的都升職了，」她咬了咬唇，嘟囔起來，「而且叔叔他不許我藉助鬼或是妖怪的力量。」

「我們沒有啊，我們是找人類幫忙，你們之前在警界不是有一堆貨眞價實的眼線？」其實想想很不公平，在處理鬼的事，卻不能藉助鬼之力？

「厲害的已經給他們大案子升職，以後好罩我們……剩下升不了的就是……」

厲心棠認眞思考該怎麼換句話說，德古拉說過就是能力不足所以給大案子也沒用的咖。

「就是等級不夠，無法接觸了。」闞擎轉著筆，「但妳之前不是認識某個警察，似乎對亡靈什麼的不排斥？」

厲心棠再一擊桌，「啊，你是說A市的警官嗎！那個警察……但是不同轄區啊……不過至少他能幫忙！」

闞擎點點頭，很高興她想得這麼快。

「去試試看，至少是個機會……不然我們很難接觸到後面兩個案子的細節。」闞擎只想速戰速局。

「好，那約明天！」厲心棠即刻拿出手機，「約十二點吧！」

「妳這樣睡得夠嗎？妳幾點才下班？約兩點吧。」闞擎可不想帶著迷迷糊糊的人出門，「……還有，妳不能自己去嗎？」

「不能！說好你要幫我的！」厲心棠咬著唇，「不然你要幹嘛？」

「我要去查那個小朋友。」闞擎說出了詹冠廷的事，「究竟爲什麼被鎖定？」

她忘記了！厲心棠心虛的噢了一聲。

「不過如果現在可以很快確定明翰就是金子霖的話……是不是就省事了？」她悄悄的說著，有點期待。

「是，所以妳吃快一點，現在人就在醫院，我們可以直接去問。」闞擎也衷心期待可以這麼簡單。

但就算這件事解決掉，也還是得搞清楚那個小孩子究竟惹到了什麼，畢竟現在纏人的水鬼不只一個。

於是厲心棠快速的吃完她的河粉，兩個人匆匆的回到金子銘的病房外，同層樓的醫護認得闕擎，不說別的，他那極具特色的外貌，基本上是個極醒目的存在。

「我真的不需要檢查，我吃東西後好多了。」不等護理師開口，闕擎主動出聲，「我就是來看一下那個學生。」

「噢，我還是建議要做一下檢查。」護理師基於專業職責還是會這樣說，「那個學生一切正常，只是……他父母來了。」

說到這裡時，護理師有幾分尷尬，不知道該怎麼說，眼神不安的瞟向病房處。孩子的爸媽一來，所以醫護在解釋完狀況後，就全部被請出來了。

「好，我們進去前會敲門的。」厲心棠禮貌的頷首，闕擎已經旋過腳跟往金子銘的病房走去。

其實門外一片寧靜，也沒聽見什麼聲量，但站在病房門口時，還是能聽見裡頭的說話聲。

「不小心掉下去？什麼叫不小心掉下去？」男人的聲音在裡頭焦躁不已，

「多少人看見你是自己跳下去的！」

「子銘，你跟媽說，你是自殺嗎？」女人追問著。

「自什麼殺啊，他會游泳！他這是作戲給誰看？」男人厭煩的抱怨著，聽得聲音是走來走去，「你到底想做什麼？是想讓我跟你媽丟臉嗎？」

金子銘坐在病床上，一個字都沒說，只是眼淚啪噠啪噠的掉。

「你爲什麼要這麼做？媽會擔心的耶！」女人轉頭斥責丈夫，「你不要在那邊說風涼話，兒子被帶上來時是有好心人救他，否則他心跳早就停止了！這跟會不會游泳無關！」

「誰曉得是眞是假？我就問一句——你模擬考成績呢？」

伴隨著男人的咆哮質問，金子銘雙手驀地揪緊床單……來了，還是回到了問題的正軌，他當時在看成績單，下一秒自己就跳下去了，他滿腦子只想著解脫而已，但是他被救上來後，成績單已經不在了。

他不敢說，但應該是掉在河裡了。

「對啊，今天是公布日，考得怎麼樣？」女人也追問著，「每天多讀了兩小時，應該有進步吧？」

金子銘還是不說話，但渾身卻開始微微發抖。

「就這態度，你不說話我就問不到嗎？」男人氣急敗壞的上前，「你到底怎麼唸的，絕對考得很差，才玩這招對吧？」

門外的厲心棠直接想衝進去，闕擎立即攔住了她，她急什麼？很過分耶！厲心棠用嘴型喊著，闕擎直接摀住她的嘴，專心聽！靜觀其變懂不懂？

「子銘，成績單呢？」連母親的口吻也變得嚴厲起來，「你不會眞的是爲了逃避這件事，故意跳河的吧？」

「窩囊廢！」父親即刻咆哮出聲，「就這點出息？不敢面對自己的錯失，這麼簡單的考試都可以考爛，幫你請這麼多家教一點用都沒有，你腦子到底有沒有在運作？」

病房裡靜默幾秒，金子銘依然不停的啜泣，然後母親看著手機裡的訊息，倒抽一口氣。

「又是最後一名！而且你考這什麼分數，有史以來最低的！」母親剛剛柔和的聲音一秒轉成咆哮，「你爲什麼要這樣！好好唸書很難嗎？認眞考試很難嗎？你這樣子怎麼能在資優班！」

「什麼資優！他們導師都已經說他應該要離開資優班，去到下等班級了！動不動就打電話來，要我們把你調班，連導師都不要你，你丟不丟臉！」父親氣急敗壞的走到病床旁對著金子銘怒吼，「現在你又搞這齣？你有心思勞師動眾演這種戲，爲什麼不花多點心思在唸書上？這樣子你要怎麼考上第一高中？」

「我的天哪……他們導師說要強制把他轉出資優班了！」母親正在跟導師傳訊息，「金子銘！一旦離開資優班，你就考不上第一高中了你知道嗎？」

「我不管多努力都考不上的——」驀地，金子銘爆炸般的大吼出聲，「我永遠都考不上第一高中！」

啪！響亮的巴掌聲傳來，闞擎即刻隨意敲了兩下門，緊接著推門而入，「打擾了。」

呃……厲心棠呆站在原地，這就叫有禮貌喔？哈囉，先生，你敲門跟推門之間，只隔零點零一秒耶！

走進病房，很明顯打人的是父親，他詫異的望著不請自入的闞擎及厲心棠，依舊怒眉張揚。

「你們是誰？」母親也困惑轉身。

「救你兒子的人。」闞擎說著，看向了摀著臉頰、痛哭失聲的金子銘，「他是認眞跳河自殺的。」

女人氣得直喘氣，回頭看了金子銘一眼，「他會游泳……但還是謝謝你，也勞煩你。」

「把他逼上絕路你們不會比較好過的。」闕擎看著金子銘，「同學，你是不是有個哥哥，也唸資優班？十年前也死在這條河裡？」

喝！金子銘驀地抬頭，連同他父母也都詫異的瞠目結舌。

「意外身亡，我剛剛在外面聽，怎麼聽都不像是意外身亡耶。」厲心棠補充說明，「是不是十年前也跟你一樣上演同款戲碼？只是他跳河自殺那天，沒有人救？」

「閉嘴！」這次抓狂的居然是母親，雙手朝著厲心棠就要推過來。

闕擎挪步上前，不客氣的動手握住母親的手腕，緊緊扣住後將她往病床推回去！

「意外很難定調，誰曉得事實？今天如果我沒救金子銘，說不定他也變成意外身亡的一位。」闕擎看向金子銘，「是不是呢？」

「不……不是，哥哥很優秀，哥哥跟我不一樣！」金子銘意外的飛快搖頭，爲哥哥辯解，「哥哥是眞的資優生，他一定能考上第一高中的，頭腦很好……」

「是嗎？那爲什麼會失足落河？」厲心棠非常懷疑，「那座橋的護欄很高，除非他就是爬上去坐在那兒，才會掉下去。」

「子霖不會自殺的！」金育博激動開口，「他就是、只是一個不小心……」

「對，他跟子銘不一樣，他是眞的天才，是天之驕子！」劉孜卉隨即哭了出聲，「我寶貝驕傲的孩子啊……」

闕擎對這種家庭糾葛沒什麼興趣，「所以眞的是意外嗎？我可以看看他的照片嗎？」

金子銘一愣，「爲什麼？」

呃……闕擎反而愣住了，他沒想好理由就衝口而出了。

「因爲他有陰陽眼，在河裡看到疑似你哥哥的人，想確認一下。」厲心棠探出頭來說明，這讓闕擎不可思議的瞪大雙眼，這理由妳說得出來？

厲心棠堆起笑容瞅著他，不然怎麼辦嘛！去哪裡生理由？

這話讓一屋子的人都愣住了，金育博搖著頭，「不可能，我家子霖已經往生了，做好了超渡……」

「你們在胡說什麼啊！法會都做了，我的孩子已經去往西方極……」

病房的燈突地閃了一下，同時廁所傳來了水聲。

闕擎汗毛直豎，這不是電壓不穩……最好醫院會電壓不穩，有東西來了！這陣閃爍與水聲讓氣氛變得詭異，就站在廁所門口的厲心棠往裡頭瞥了眼，水龍頭打開了。

「怎麼……」劉孜卉疑惑的走過去，看見流動的水，上前關起，「這間醫院眞爛。」

「對，不必住院，反正你也沒什麼事，趕快回家！」金育博催促著，「妳去辦出院手續，子銘回去還是要把今天的功課寫完！」

「喂，你會不會太誇張？他差點死掉耶！」厲心棠忍無可忍，「他是不是你兒子啊？」

金育博堅定的看著厲心棠，「只有考上第一高中，才是我的兒子！」

刷子用力的丟進水槽裡時，濺起了不小的水花，厲心棠不爽的看著待洗的器具，怒火中燒。

只有考上第一高中才是他的兒子？什麼東西啊！成績就這麼重要嗎？他兒子都因爲這樣被逼到跳河了，還在那邊考試考試、分數分數！非得要孩子死了才開心是嗎？

「成績眞的這麼重要嗎？」她又扔進一個杯子。

「呃……是蠻重要的。」同事小剛在旁小心的開口。

咦？厲心棠嚇了一跳，尷尬的看向小剛，「抱歉，就突然有感而發啦！」

「怎麼啦？妳成績上有狀況嗎？」小剛才發現對厲心棠一無所知，根本不知道她唸什麼系呢！

「不是，是……父母都很在意孩子的成績嗎？非得拿第一名？一定要第一志願？」她看向小剛，也是個大學生。

「哈哈哈哈，那也要看孩子有沒有資質啊，像我就是唸三流大學，混文憑的，叫我考第一志願也考不到好嗎！」小剛自嘲起來，「成績不是最重要，但我覺得唸書很重要，就是多學一點知識，對自己總是好的！」

「我也這麼覺得。」

厲心棠當然這麼認爲，因爲她從小到大，就沒上過學。

她在「百鬼夜行」長大，所知所學全都是自學，她的老師們就是整間夜店裡的亡者妖怪，歐洲歷史德古拉怎麼會不熟？日本史雪姬一把罩，神學交給拉彌亞，叔叔跟亞姐更是上知天文下知地理。

更別說各國語言，只要是「百鬼夜行」裡有的種族語言，她全都略懂。

與現世接軌不難，店裡有好幾個亡者臨時工，有六十年前的、有三十年前的，也有個十數年前的，她自己都二十歲了，有網路輕易能與現世接軌。

叔叔總說成績只是代表她所學的有沒有學進去，不能代表一切，偶爾的考試沒考好，亞姐也只是針對粗心跟不用心處略施薄懲，並不會對分數加以苛責。

所以對她而言，金子銘的遭遇她覺得超受打擊。

連她都看得出來，金子銘那恐懼痛苦的模樣，眼神是哀莫大於心死啊！

闞擎還是叫她不要多管閒事，後來他希望可以看金子霖的照片，結果被他父母趕出來，最終也沒拿到。

不過，她現在超級懷疑……金子霖當年眞的是失足嗎？是不是就是明翰？因爲考試失利選擇自殺，還帶著無法穿上的制服扣子，深刻的痛與遺憾讓他緊緊握在掌心跳河自殺，因此在掌心上留下痕跡。

然後，那麼痛苦的生前回憶不願再憶起，徹底遺忘。

「有問題可以跟我傾訴喔！」小剛溫柔的說著。

厲心棠劃上微笑，這個同事對她仍舊不死心，她只是覺得奇怪，之前沒有這麼明顯，爲什麼最近一直對她示好，雙眼裡都帶著花咧……從什麼時候開始的？好像是從……

「小剛，我是不是曾做過什麼讓你誤會的事？」

在小剛要下班時，厲心棠叫住了他。

男同事果然一怔，下一秒居然不好意思的低下了頭，還紅透了臉——就豆媽待！厲心棠一陣心慌，或許可能如果……不對！絕對應該肯定是阿天僞裝成她，頂替她上班那一天有什麼狀況！

「其實我……」小剛靠近了櫃檯。

「是不是我喝了很多養樂多的那一天？」厲心棠激動的趨前。

小剛羞赧的點點頭，「那天妳好可愛，突然望著養樂多嚥口水，而且……」

「啊啊啊啊——不要說！」厲心棠誇張的抱頭狂吼，她就知道！絕對是阿天搞的鬼，「請你不要誤會！那天一切都是幻覺！」

她緊緊握住小剛的手，誠懇的看向他不解的雙眼。

「可是……」

「我那天不太正常，一整天的記憶我都沒了！對，失憶！」厲心棠覺得自己根本睜著眼睛說瞎話，「不管那天發生了什麼事，全都是假的！」

「假……」小剛一臉受傷驚愕。

「對，你可以下班了。」厲心棠還特地繞出櫃檯，推著男同事往外走，「我什麼都不記得，就請你當作什麼事都沒發生吧！晚安，下班小心。再見。」

語畢，她乾脆的一把將他推出去。

阿天不會因爲幾瓶養樂多就對人家拋媚眼吧？厲心棠陷入天人交戰，下次還是不要讓阿天代班好了，太可怕了，他要是直接跟小剛告白，那她跳進黃河都洗不清了啊！

回到洗手槽前挽起袖子，大夜有的是東西要清洗，她先平心靜氣，既然知道金子銘唸哪所國中了，明天去學校堵他很容易，先拿到他哥哥的照片再說！啊，還得去找其他案子的線索，例如那對殉情的情侶啊！

手機訊息響起，厲心棠拿起手機瞥了眼，居然是小朋友傳來的。

「我好害怕喔！我今天連澡都不敢洗，有鬼卡在浴室裡瞪著我，我不敢跟爸媽說，還被罵了一頓，最後是拜託媽媽陪我洗澡的！但那個鬼從頭到尾都站在旁邊瞪著我。」

唉，厲心棠心疼詹冠廷，只能傳「假裝她不存在」的廢話給他。都看得見，最好是能假裝不存在啦！闢孽的方法對小朋友來說很不靠譜啊！

「別忘了姐姐給你的護身符，要戴好喔！早點睡。」

孩子傳來一張哭泣的貼圖後，道了聲晚安。

厲心棠只有嘆息，回身開始清洗一水槽的東西，剛剛生氣的把東西亂丟，現在再一一的先撈起，蓄滿水的水槽裡得有空間洗東西，一次洗一樣吧……先從杯子開始吧！

拿過一些杯子在水槽裡清洗，還得不時留意著門外，就怕有客人突然進來。水裡倒映著她的身影，因爲漣漪而變得扭曲，洗好的杯子擱在一旁等等要沖洗，她再拿下一個進水槽……一抹黑影從水面上掠過。

厲心棠愣了一下，重新凝視著水面，下半部映著她的臉，上半部映著雪白的天花板，而且她沒有感受到任何亡者的情感波動；輕巧的把手放進水裡，盡可能不引起波紋的往前再探了探，認眞的感受著是否有什麼東西在附近……

『他必須死！』

一個女人的尖叫聲驀地傳來，厲心棠嚇得顫了一下身子向後退，但水槽裡卻跟著伸出了一雙手抓住了她的雙腕！

下一秒，厲心棠就被往前扯去，她失控的趴上水槽邊緣，從水面的倒映裡，看見自己慌張驚恐的臉龐，以及……那張從水槽裡冒出來的、泡水腐爛的臉龐。

『妳不懂的，他一定要死——』女人張嘴咆哮，唰地潛入了水槽裡！

「不……」厲心棠來不及喊出聲，整個人瞬間被往下拖去！

雙手被拖進了比水槽還深的水中，她的頭跟著被扯入，眼前一片漆黑，冰冷覆蓋住了雙眼，她整個人的上半身竟都能埋進了水槽中，身體拚命掙扎……但雙手被扣得死緊，甚至還不停的被往下拖！

太扯了！厲心棠剛剛被拉下來時根本來不及吸飽氣，她會不會成為第一個溺死在便利商店水槽裡的大夜班員工！

為什麼要找她？那個水鬼就是今天在泳池裡的那個女人！她已經拖走兩個人了，說好的抓交替呢？抓好就該走了啊？

右手張開的五指顫動，她隱約可以看見蕾絲戒指上流淌的光芒，但是她沒辦法以其碰觸到那水鬼的身體……不行……叔叔！亞姐——闕擎！

「厲心棠！」

雙臂被人箝住，用力的向後拖，厲心棠自水槽裡被拉起，起身時頭髮還很漂亮的跟美髮廣告一樣，劃出一道拋物線的水痕。

「啊……」厲心棠連站都站不穩，整個人是倒在來人懷裡的，但因為用力過猛，他們雙雙都跌上了地，摔在櫃檯與水槽中間的地上，「咳咳……咳咳咳……」

伴隨著劇烈的咳嗽，來人不停拍著她的背，瞧著上身濕透的厲心棠，他完全搞不清楚，為什麼她會……

「妳自殺嗎？」

厲心棠哭得眼淚鼻涕齊飛，抬首看著去而復返、那個一臉錯愕的同事，他其實是鼓起勇氣想走回問清楚一切，還有打算向厲心棠告白的，誰知道一到門外，就看見整個人埋進水槽裡的她！

厲心棠無力的搖頭，癱著靠在櫃檯邊，今天一整天是怎麼了？她連著溺水兩次，都在生死邊界走一遭，這番掙扎，眞的抽乾了她全身的氣力。

鼻息間，是那條河水的氣味。

小剛不安的起身想察看水槽，卻被厲心棠一把拉住，她說不出話，只能搖頭……一直搖頭。

「這太奇怪了，妳……」小剛想拉開她的手，卻陡然一怔。

她的手腕上，有著清晰可見的手指握痕。

力道大到使她的肌膚都呈現青紫色，小剛看向水槽，再看向厲心棠，背脊猛地發涼。

「我、我幫妳叫救護車！」他踉蹌著，遠離了水槽。

「……不，不。」厲心棠虛弱的說著，「打回……我家……」

跟著眼前一黑，厲心棠倒了下去。

第七章 十年前的溺斃者

「太囂張了！哪個水鬼居然敢傷害棠棠！」狼人咆哮聲響徹雲霄，整棟樓都爲之震動，「不在水裡也想抓交替？」

一旁的金髮男人正在打理服裝，優雅的扣上水晶袖扣，用一種睥睨的眼神瞄向變得更加龐大的狼人，有的人就是動不動就暴走。

「我去把河水結凍吧，凍死那些水鬼！」雪姬渾身散發著冰氣，一旁的小吸血鬼都得退避三舍。

站在「百鬼夜行」門外的闕擎都覺得現在此地閒人勿入，邪氣籠罩著整棟「百鬼夜行」夜店，可以想見裡面的妖魔鬼怪都激動成什麼樣子了！

來開門的是負責打掃的亡靈，那是個媽媽，死狀悽慘，看上去是車禍身亡的死者，一屍兩命，肚子看上去即將臨盆，總是不停的滴著血，總在夜店裡負責清理桌子，他印象很深。

她薄弱的身影出現在側門，開門時，表情呈現出一貫的哀淒。

「人還沒死吧？」他皺起眉，這媽媽看起來也太悲傷了。

「很可怕啊……」她怯懦的說著。

往裡走的闕擎才發現在「百鬼夜行」裡的亡靈都已經躲到側門的小走道裡來了，看樣子鬼還是輸給妖怪的吧！他們並非恐懼於厲心棠的出事，只怕是畏懼一屋子心疼厲心棠的妖怪們。

還沒走到一樓大廳就聽見爭執聲，眾人你一言我一語，紛紛要找水鬼算帳，連青面鬼都自告奮勇，想去啃食水鬼順便一頓……這根本是想吃BUFFET吧？少來這套。

「早安。」闕擎深吸一口氣，從後場走入大廳。

一屋子妖魔鬼怪突然愣住，看著走進來的人類，紛紛錯愕。

「小子！」吸血鬼正太一眨眼衝到闕擎身邊，將他整個人揪起，「你為什麼沒保護好棠棠？」

呃，他根本措手不及……這哪門子的質問啊？保護厲心棠是他的工作嗎？

「小淘！放他下來！」雪姬嚷著，「他只是幫棠棠，沒陪她上班啊！」

「但是他——」吸血鬼正太齜牙裂嘴的，紅著雙眼就想啃下闕擎的模樣。

闕擎不畏懼的與之對視，如果這個吸血鬼真的想要挑釁的話——

「小淘！」德古拉出聲了，「放下！」

長老開了口，小淘即刻將闕擎放下，只是闕擎雙足都未點地咧，立刻又被另一個人揪著後衣領提起……連回頭都不必，這股腥味一聞就知道是狼人了。

「他——」

德古拉不耐煩的嘆了口氣，移形換影的來到闕孥身邊，一把推開了狼人，將闕孥好整以暇的圈著，再妥妥的放上了地面。

「你這老不死的妖怪！」狼人緊握巨大雙拳，使勁朝地面跺腳。

「你這個無腦的衝動派動物！」德古拉雙眼迸出紅光，朝狼人挑釁招手，做出COME ON的舉動。

闕孥連忙離開現場，他從進來至今就說了一句早安，他是來找厲心棠的好嗎？在二樓嗎？還是——

「都給我住手！」

咆哮聲起，連人都沒瞧見，只見一條巨型蛇尾從狼人與德古拉之間劈了過來，左推右捲的，將他們兩個分隔在一樓大廳斜對角的角落裡！

闕孥乖乖的站在某張高腳桌邊，看著那條蛇尾從他面前施施而過，巨大的尾巴另一頭就在通往後場樓梯那兒，一會兒後總算傳來皮鞋清脆的聲響，拉彌亞從後頭走了出來。

蛇尾急速的縮小，最終再度成爲她那頭及地長馬尾。

「幹什麼？想拆店嗎？老大回來誰負責？」拉彌亞厲聲喊著，「喊打喊殺的，百鬼夜行不許殺生互毆，規矩都忘了？」

在西南角包廂裡的德古拉別過了頭，刀刻般的精緻容顏看上去相當疲憊，難掩的是擔心；東北角吧台邊的狼人依然喘著粗氣，擱在吧台上的拳頭再一擊，就能把整個吧台拆了。

「棠棠還好嗎？」雪姬很想去看她，但是她太冷了，她存在的空間只會讓厲心棠更不舒服。

「她沒事，我一開始就說她沒事了，讓她好好睡一覺！」拉彌亞凝重的環顧四周，看見闕擎，「啊，你來了。」

「嗯。她有傳簡訊。」闕擎並不是第一時間趕來的。

簡訊來自於昨天半夜近十二點，他還沒睡，但是他沒有看手機的習慣，直到上午起床時才看見；不過他不急，背後有一整屋子鬼怪的傢伙，應該沒問題。

「老大交代，誰都不許干預！」拉彌亞朗聲宣布著指令，全場鬼怪們狠狠倒抽一口氣。

「爲什麼？要是沒有那個人類同事，棠棠就死定了！」

「至少要跟河妖老妖婆溝通吧？水鬼能這麼亂來的嗎？」

「住嘴！」拉彌亞再度低吼，「現在棠棠就是沒事！老大說這是她必須面對的現實，一般人在外也是會跌倒或是車禍，她想走這條路、接這樣的案子就要自己扛責任！」

眾妖怪們陷入震驚，這眞的是那個最疼棠棠的老大說出來的嗎？

「總之，她現在就是沒事了。」闕擎嘆口氣，抓到時機開口，「我想老闆的意思是既來之則安之吧。」

拉彌亞望向他，苦笑著點點頭。

「我帶你上去。」

她旋過身，交代所有人各歸其位，德古拉眼看著都快倒下去了，天亮便是他該睡的時刻了；狼人依然盛怒難犯，拉彌亞扔給雪姬一個眼神，要是再冷靜不了，就麻煩她幫狼人「物理冷靜」一下。

拉彌亞領著闕擎走上三樓，越往上走他越覺得不舒服，這裡不愧是眾鬼聚集地，非常的陰森，瞧他全身汗毛根根直豎，也被這陰氣壓得喘不過氣……厲心棠到底是有多強大的素質，可以長期在這種地方生活卻無礙？

三樓不是夜店風格，反而是像住商混合之處，有數間房間，房門幾乎緊閉，有個半掩的像是辦公室，空氣中瀰漫著詭異的氣味……不是屬於正常的味道；拉彌亞帶他走到走廊盡頭後左轉，立刻面臨一間房間，上頭還掛著一個海棠花的牌子。

連敲門也無，拉彌亞直接打開了房間，闕擎原本覺得有些唐突，只是詫異的發現那是個……更衣室大小的房間，裡面只有一個單門衣櫃。

「開燈等於關門，關燈等於開門，相反運作。」所以拉彌亞將牆上的燈關上，接著朝衣櫃門叩了兩下。

請。她指向衣櫃。

闕擎狐疑的皺眉，但還是大膽的伸出手拉開衣櫃，裡頭依舊是一片漆黑，拉彌亞沒有跟著他的意思，樓下應該還有很多事得處理吧？身爲經理也不是那麼好幹的。

他終究踏進了衣櫃裡，身後的衣櫃門關上的瞬間，他開始咒自己蠢，爲什麼會相信一個……頭頂的燈突然亮了，正前方的衣櫃門開了一條縫。

雙向門啊……闕擎輕輕的推開門，這依舊是一個衣櫃，只是與外頭的空間截然不同……他踏出了衣櫃，衣櫃左前方就是一張凌亂的床，室內通亮，往左方看去是一整片的落地窗，光線從外頭灑入，帶來一室明亮。

屋外的景致叫人目瞪口呆，落地窗外是蓮花遍布的池塘，遠處青山綠水，中間還有木橋貫穿，黃鶯枝頭啼叫，蝴蝶翩翩自他眼前飛過，靜謐山水，恍若世外桃源！

這是什麼地方啊……闕擎來到落地窗前，看著外頭的景色發呆。

「拉彌亞拉彌亞！」房外傳來了求救聲，「拜託我想吃蛋餅！」

拖鞋聲有些沒力的走近，闕擎詫異回頭，在衣櫃右前方敞開的房門外走進一個滿頭亂髮的女孩，「我找不到——哇呀——」

厲心棠第一時間護住胸前，嚇得縮回去。

「你爲什麼在這裡啦？」

切好蛋餅，擱上了黑色的盤子，闕擎轉過身把蛋餅遞給正對面的厲心棠時，很想問自己到底在這裡做什麼。

「謝謝喔！」坐在中島的厲心棠陪著笑，立即拿起醬油膏搖了搖，擠上蛋餅。

剛剛她一襲睡衣尖叫，所以他被趕出房門，求他幫她找蛋餅皮在哪裡，接著房門甩上說要換衣服；找到蛋餅皮後，她不敢要他幫她煎一個蛋餅，只是在他面前表演燒房子的預備動作，他就接手了。

這是間如度假小屋的森林別墅，半開放空間，一共兩層樓，木製小屋空氣中都是怡人原木香氣；客廳與餐廳相連寬敞，挑高的大廳上面氣窗開啓，都能感受到外界的清新空氣……這不只是人類呼吸的空氣新鮮，而是一種完全無魍魎鬼魅的地方。

闕擎看著大快朵頤的她，也注意到她雙手上那明顯的抓痕瘀青。

「水鬼幹的？在便利商店？」

「嗯啊！」厲心棠瞪圓了眼，指向他身後的洗水槽，「也就差不多那麼大而已，我在蓄滿水的水槽裡洗東西，她突然抓著我就拖下去了……在水槽裡溺水有沒有聽過？」

闕擎回頭看向洗水槽，老實說，水夠深的話，再從人的背後壓著頭入水，要溺死一個人並不難，畢竟溺水的先決條件是：水與無法呼吸即可。

「為什麼針對妳？」闕擎不解的是這點，「妳不在河裡，難道因為昨天在泳池裡礙事嗎……妳也沒防礙到什麼，那小孩還是沒救回來不是？」

「我不知道！那張臉太噁心了，看不出長相……」厲心棠很不想在吃早餐時回憶這個，「但因為一樣爛，所以我確定是昨天在泳池裡拉走孩子的水鬼。」

「這樣說來，也是前一天在河邊拉走那個男孩的水鬼——她是在做業績嗎？一口氣抓交替三個人，拼業績冠軍？」純抓交替的話，就該滾了不是嗎？

「我不知道……但是真的很嚇人。」厲心棠回想起來還心有餘悸，「我被拖著，就完全沒有反抗之力，掙扎起身都辦不到……」

邊說，她一邊看著自己的手。

「因為她是水鬼，水裡就是她的天下……女性水鬼。」闕擎顯得有點不耐煩，「明翰的事都還沒解決，又要找女性水鬼……溺死的不是女性居多嗎？要從何找起？」

「啊？而且這個還不知道是哪年死的——算了！先不要管我啦！工作為重！」厲心棠端起牛奶大口灌著，「你吃過了沒？吃飽了我們今天要去問十年前溺死的案子記得嗎？」

闕擎看著她略顯蒼白的神色，雖說中氣十足，但是她看起來沒有平時的健壯，「妳真的可以嗎？」

「蛤？什麼？當然可以啊！」她一臉你在問廢話的模樣，跳下椅子，「啊，昨天小朋友說連澡都不敢洗，浴室有亡靈在騷擾他！不讓他碰水。」

「嗯……」那個詹冠廷也還沒解決，但跟想殺厲心棠的應該是同一個女水鬼，「不讓他碰水是什麼意思？」

「他沒說太多，總之是哭著睡著的，睡前傳訊息給我。」厲心棠把餐具都扔在洗水槽裡，「害我現在也不敢碰水了！」

「最好！」闕擎一伸手把她拉回來，「洗乾淨再走！」

「唔！」手臂疼得唉出聲，闕擎倒不懂得什麼叫憐香惜玉，要她順手把杯盤洗乾淨再說。

厲心棠噘高了嘴，蠻不情願的洗著，闕擎更加確定這傢伙被寵壞了！只是她雙手手腕上的手指瘀青實在可怕，水鬼抓得如此用力，五指抓痕已呈現深刻的紫。

「妳不是給了詹冠廷護身符？」闕擎突然想起那天她拿出一個護符戴上小子的頸子，「這樣他還怕？」

「說是不讓他碰水，連開水龍頭都不行、裝無視也不行。」厲心棠把餐具都擱上瀝水籃，擦了擦手，「你說我們今天怎麼跑？」

「先去警局，有資料才是王道，再去金家。」闕擎盤算著，「如果可以在學校先堵到金子銘就最好了。」

「嗄？他昨天才差點死掉，今天會上學嗎？」厲心棠皺了眉，「去他家吧？買個禮盒之類的？」

「哼，你覺得他那對父母會讓他在家休息？想太多了。」闕擎冷冷笑著，「如果人不睡覺不會死，我覺得他父母會讓他二十四小時都唸書！」

對！討厭！厲心棠想起昨晚自己溺水前，想的就是金子銘的事！現在一回憶起來又是一肚子火！

「太扯了！成績比孩子重要？」厲心棠咬了咬唇，「這個能不能算家暴啊？精神暴力？」

「要金子銘自己承認才行。」闕擎跟著她走回她房間，看著她匆匆整理著背包，一雙眼又被外頭美景吸引。

「手機、鑰匙……錢包……」厲心棠喃喃唸著該帶的東西，看著床頭的藥包，還是把藥塞進了包包裡，「我好了！走吧！」

「這裡是人界嗎？」闕擎滿懷嚮往的問著。

「是啊！但確定是什麼地名我不知道！」厲心棠開心的張開雙臂，「很美吧，這附近就我們一棟屋子喔！」

「很美！」闕擎泛起難見的笑，「太美了。」

哇……厲心棠一時看傻了眼。

是啊，太美了……闕擎今天又不知道去哪裡生出了耳機，重新戴上，略長的前髮已經開始蓋住他的眼皮，深黑的瞳眸始終迷人，無血色的皮膚在黑髮映襯下更顯蒼白，淺粉薄唇微笑著，他其實很像德古拉、小淘、拉彌亞、或是雪姬他們的綜合版。擁有獨特不像常人的氣質，站在那裡，自己就是一方世界，不像是這世界的人。

「你笑起來很好看耶。」她不吝惜的給著讚美。

聞言，闕擎倏地斂起笑容，尷尬的閃躲，「說什麼？」

「很好看啊，你有點像吸血鬼，但又有點魔族的味道……噢，我見過幾個魔物，眞的是那種神祕氣質美男子。」厲心棠拉開衣櫃，「但以後還是少笑好了。」

闕擎沒回應這種外貌的無聊問題，輕輕揉著自己臉頰，他剛剛笑了嗎……實在是這裡太美好，令人心生嚮往啊！

跟著厲心棠進入衣櫃，她根本沒有停留，衣櫃對她而言就只是出入口，她進入，把燈關上，就推開另一道門走了出去……闕擎有些忙亂的跟上，聽得背後關門聲才知道，原來這衣櫃門是會自動關閉的。

回到更衣室大小的房間，他沒忘記打開燈，至少讓通道關閉。

重返「百鬼夜行」，厲心棠再度蹦蹦跳跳的跑下樓，一路跟憂心她的「家人」們道平安，表現出自己早就頭好壯壯，並且已吃過早餐了；拉彌亞很想說些什麼，但最後只是微笑送他們出門，要他們一路小心。

「請多照顧我們家棠棠。」拉彌亞說著，朝闕擎深深一鞠躬。

天哪！闕擎全身打了個寒顫，拉彌亞的請託他可承受不起，今天要是厲心棠又出什麼事，他應該會被大卸八塊了吧？

兩個人騎上腳踏車，在街道上馳騁，他們要先騎車到捷運站，坐到A市後再使用那兒的共享腳踏車。

看著前方女孩陽光的背影，闕擎覺得雖然她不是被人類養大的，但似乎比誰都來得幸福啊！

車子刻意騎到橋上，厲心棠停下車子往下頭望去。

「做什麼？走這裡多繞一圈？」闕擎一路鳴鈴她都沒理，執意往這裡來。

「明翰！明翰！」厲心棠對著下方的河喊著，「你在嗎？明翰！」

「找他做什麼？我們還沒拿到金子霖的照片！」闕擎不解，這麼早來找明翰沒用啊！

厲心棠轉過頭，「如果昨天掉下去的是他弟，他會不認得嗎？或者多半可以想起什麼？」

闕擎挑了挑眉，這件事情他持保留態度，因爲明翰這個水鬼，本身就很不水鬼。

只是喊了半天，河裡沒有動靜，厲心棠還拉闕擎過來幫忙看，「我看不到鬼，但明翰一般都會現身讓我看見的。」

闕擎看著河裡屍橫遍野，各式姿態都有，連詹冠廷的救命恩人也都在，但偏偏就是沒有那個浮誇的明翰。

「沒有……他不在嗎？」闕擎突然覺得不太對，「妳有感應到什麼情緒嗎？」他原本想找昨天拽拉厲心棠於死地的女水鬼，可是也沒發現蹤跡。

「……沒有，河裡很平靜。」厲心棠相當不解，「明翰能去哪裡？」

「河這麼寬廣，他或許不在這裡吧！有水的地方水鬼都能去不是嗎！」闕擎回身走向腳踏車，「快走吧，今天有很多事要做！」

不對勁啊！厲心棠緊鎖眉心的騎著腳踏車離開，平時明翰一定會回應她的，而且這跟去了多遠沒有關係，他們是水鬼啊，隨時可以回來的！

有什麼重要的事，讓明翰離開了這片水域，甚至不回應她的呼喚呢？

警官熟練的溫壺、倒茶，最終將兩杯茶杯，分別擱到了厲心棠與闕擎面前，他們坐在一個圓角的茶几邊，桌上全是煮茶的道具，幾個看起來很平易近人的大哥們都坐著，喝茶、聊天。

有時有人呼叫，就得趕緊離去，然後有人偷閒抓了些時間，又坐下來喝杯茶，茶几邊就是這樣來來去去，警局裡的一景。

章警官在看見厲心棠時，臉上有一絲詫異，聽見她的來意後，笑容帶著點無奈，便請他們進警局坐了。

「咦？」幾名警察還認得上次協助林投樹案的厲心棠，「妳不是上次那個——」

「好久不見！」厲心棠揮揮手。

「也沒多久啊，啊妳怎麼又來？又有事喔？」警察們打探著。

「沒事！就來看看我！」章警官揮揮手，叫他們有事去忙自己的，別在這兒閒扯淡！

厲心棠一口就喝完，闞擎則是吹著熱氣，慢慢品嚐。

「你們問得也太遠了吧！」章警官溫溫的出聲，「A市雖在首都旁，但轄區可不一樣。」

「我想說，可以請您幫個忙嗎？」厲心棠裝可愛的說著。

章警官抬頭看她一眼，那閃亮亮的眼神，這些年來他看過不少，眞是太熟悉了！

「妳不是什麼都市傳說社的吧？」

「嗄？」厲心棠還嗄了一聲，「……不是耶！我沒有參加社團喔！」

「喔，那你們是什麼組織或單位嗎？」章警官微微一笑，「偵探社？靈異委託？」

闕擎雙眼閃過一抹光芒，這位章警官果然是略知阿飄的人！

「類似，在幫一個水鬼釐清他生前是誰，如果您瞭解的話，就會知道一般人死後其實不太記得自己生前的事。」闕擎突然說個明白，嚇得厲心棠轉頭看向他，「眼睛不必瞪這麼大，我想章警官應該略知一二。」

厲心棠緊張的再轉向章警官，他點了點頭，「人啊，死後的愛恨嗔痴，都比都市傳說有邏輯多了，至少是有方向的。」

厲心棠聽不太懂，她悄悄的瞄向闕擎，他倒是不動聲色的看著起身的章警官，要她稍安勿躁；章警官步入警局辦公室區裡，看起來很像去查找資料，厲心棠這邊手機訊息傳來，又是小朋友的求救。

「水裡有人想殺我，一直說要帶我走！」厲心棠覺得頭疼，「他已經被明翰救了一次，到底是誰對他這麼執著？」

「快點解決這邊的事，就能幫小子查查，他跟水鬼的關係。」闕擎早就盤算過了，「我在想女水鬼昨天對付妳，可能因爲很難接近抓詹冠廷交替，因爲妳給了那小子護身符！」

端著茶杯的厲心棠一怔，「所以……我變成眼中釘了？」

「嗯哼。」闕擎毫不意外的點點頭，「我是大概猜想，我見過那水鬼，她只有執著那沒有什麼恨，妳不也說過，最強大的是殺氣，一種非殺不可的氣息。」

從那天河邊的男孩，到泳池裡的無辜小子，她都非殺死他們不可。

最可怕的不是淹死孩子，而是那水鬼不只想抓一個。

「那對殉情的情人都已經往生了，年紀都是大學生，撈出來時兩個人的手是還用繩子綁在一起。」章警官邊走來邊開口，「是你們的朋友嗎？」

厲心棠即刻搖頭，「這樣明翰身邊應該要有人，而且年紀不對啊！」

「明翰？還有名字了？」章警官詫異的說。

「啊那個我們自己取的！」厲心棠連忙解釋，「不知道姓名啦！那有沒有可能是有個南中的資優生？」

「……喔。」章警官很明顯的頓了一下，「那個學生的事當年新聞鬧得很大，但案子結尾不好說。」

不好說？闕擎覺得這答案很糟糕，「不是意外？」

「這個我不適合講，但我可以給你們當初負責這起案子的警察資料，你們親自去問他。」章警官話裡有話，回身到鄰近辦公桌上，寫張便條撕下，「我有參與的比較好說啦！只可惜不是男姓！」

「您有參與到？十年前的溺水案件嗎？」闕擎即刻答腔，女性水鬼他們現在也很需要啊！

「唉是啊，一場悲劇！」章警官拿紙條回來，「因爲死者是我轄區的人，跑到那條河上自殺，所以當年我有參與到。」

「女性……」厲心棠在腦海翻閱著抄寫的資料，十年前女性的資料很多，但都寫得不仔細，「有誰是手上繫紅繩的嗎？包裝繩。」

他們一開始會針對情侶，是因爲紅繩更像是情侶的誓言，以爲那女人在找尋情人，結果……

章警官驚愕得直起身子，越過ＯＡ的桌屏望向他們，好一會兒才把手上的電話書寫完，緩緩的走回茶几邊。

重新打量著他們兩個，果然不簡單啊。

「對，包裝的紅繩，但這件事我們向媒體隱匿了。」章警官失笑出聲，「唉，我有什麼好驚訝的，更奇怪的事不是都遇過了！」

「是哪個案子？」厲心棠焦急的問著，「紅繩很長，不是繫在小指頭上，是手……」

「是手腕，那是一個母親，拖著她三個孩子自殺的慘案。」章警官面露哀淒，「繩子是繫在孩子身上或手上，發現時幾乎全部都繫在一起。」

「三個……孩子？」厲心棠聽見孩子，心臟漏了一拍。

「是啊，最小的剛上小學吧，最大的也記得十一還十二歲，都被媽媽拖下河，驗屍報告確定孩子們都是活活淹死的。」章警官搖了搖頭，「直到現在，也沒人知道自殺原因，她丈夫也不懂當天上班還好好的，回來妻子跟孩子卻都沉在水裡。」

闕擎聽到了一個不安的線索，「最小的小學，是……男孩嗎？七、八歲的年紀？」

章警官再一次詫異的看向他，「對，差不多小學一年級的孩子，身材中等，不瘦不胖。」

那天在河邊被拖走的男孩，七歲；昨天在泳池溺斃的孩子，八歲……厲心棠腦海裡浮現出詹冠廷的模樣，他不就是那個七歲、不胖不瘦的小一男孩嗎！

是那個媽媽！

「她……她爲什麼要殺死自己的孩子？」厲心棠焦急的問，「或是爲什麼想自殺？憂鬱症嗎？」

「只能這樣判斷，不過最小的都小學了，所以不是產後憂鬱，不過那時是五條命啊！」章警官指指肚子，「她懷孕了！」

「所以是產前憂鬱？這樣值得拖這麼多孩子去死？」闕擎有時覺得這太難理解了。

「我難理解的是她想拖這麼多個吧？」厲心棠不悅的握了握拳，都已經十年了，爲什麼突然開始追殺同齡孩子？

是啊，距今十年，這十年來均相安無事，是從什麼時候開始……啊啊啊！闕擎想起來了，該不會是從詹冠廷溺水開始吧？

「這十年來，是不是沒有其他同齡的孩子落過水？」這句話他問的是厲心棠，「詹冠廷落水的時候不只讓明翰想起什麼，也喚醒了那個媽媽！」

章警官頓時驚覺不對，「那個媽媽還在嗎？」

厲心棠敷衍的點點頭，「她這兩天拼命的在找同齡的孩子！」

咦？身爲警察哪可能不知道案子，這幾天的溺水案即使在不同地方，但還是令人鼻酸，因爲死亡的全是孩子啊！

「難道是因爲——」章警官脫口而出，「當年撈起屍體時，幼子沒跟她繫在一起嗎？」

第八章 誰的孩子？

十年前，那個媽媽被拖上來時，眞的是「一串」！她與兩個男孩都綁在一起，末端的么子是在更遠處被找到，孩子年紀很小，被沖得更下游，但無論如何都是性命。

「這只能推斷，媽媽醒來時發現手上只有兩個孩子，然後看見了第三個——剛好又是詹冠廷在掙扎。」闕擎緊蹙眉心搖頭，「但也有可能每個年紀相仿的孩子她都要，她搞不清楚誰是誰。」

「她身邊沒跟孩子啊！」厲心棠龍頭向右，兩個人跟著導航右轉，「會不會她的孩子已經抓交替了？」

「有可能，都十年了！妳要問問妳水鬼朋友，如果小孩子先醒呢？早一步抓交替就離開了，剩媽媽還在河裡未醒。」闕擎覺得不可思議，「一醒來就看見詹冠廷，便認定了孩子還活著。」

「所以，」厲心棠雙眼凌厲，「她認定她孩子必須死？」

不管現在殺死幾個無辜的男孩，嘴上掛著的都是這句！而且她認不得自己小孩啊！

腳踏車煞車，在導航上的地址停了下來。他們還沒去找詹冠廷、也還沒去探視金子銘，因爲章警官說，那位執著媽媽的「前夫」，就住在A市，還在警局附近，也幫他們聯繫了。

厲心棠無法放下小朋友不管，闕擎也只是嘴硬，那小男孩死裡逃生又獲得陰陽眼已經快崩潰了，現在還要面臨水鬼追殺，未免也太慘。

如果可以知道媽媽的執著，或是如何讓她好好明白她跟孩子都已經死了，是否能停止這樣的殺戮？

這是社區大樓，由於章警官已打過招呼，所以管理室輕易的就讓他們上去了！

來到頂樓的屋子，闕擎便明白這位「前夫」是在家中工作者，而且收入不菲，因爲頂樓相當寬敞，雖不至像豪宅但也絕對不便宜；招待他們的是一個漂亮的年輕女人，家中有三個孩子，最小的那個正牙牙學語。

不知道爲什麼，厲心棠鬆了口氣，似乎都不到七歲。

「我其實也不明白爲什麼。」丈夫姓曾，曾維源，語重心長，「十年了，她沒有留下任何隻字片語或線索，我還記得那天上午她送我出門時，還笑笑的問我幾點回家，今晚想吃什麼。」

「產前憂鬱的可能性？之前沒有前兆嗎？」

「或許有吧！但我那時忙於工作，眞的是沒辦法管她……你們要知道，養三個孩子，只有一份薪水，我得打兩份工才有辦法養家。」他嘆口氣，突然伸手握住了坐在身邊的年輕妻子，「那時的我跟現在不一樣，還是個什麼都不會的傢伙。」

溫柔的年輕妻子回握了握他，兩人之間是滿滿的愛意。

「他一直很後悔，當初沒有多關注她一些。」妻子為丈夫說話，「如果能多關心些，說話語氣可以好一點……」

「生活很辛苦、壓力很大，她也不出去工作分擔，我真的很難脾氣好！那個時候，她堅持要生第四胎，我便真的動氣了！」曾維源難受得喉頭緊窒，「我沒有逼她打掉，我只是請她好好思考，如果真的要再生，她必須分擔家務。」

「為什麼不考慮好好避孕？」闕擎不客氣的開口，「四個孩子她出去工作誰要照顧？講得這麼輕鬆，避孕做好也就沒這麼多事了！」

厲心棠完全沒阻止闕擎，她剛剛內心就是在碎碎唸這些事情，全都是藉口啊！

氣氛一度尷尬，但男人並沒有惱羞。

「是，我當初真的是沒有做好這一點，才把大家往絕境逼！」曾維源倒很坦然的接受，「但我絕對沒有一刻希望，她帶著我們的孩子去死！」

語末，他激動的出聲，妻子趕緊上前抱住了痛哭出聲的男人。

厲心棠緊緊握著拳忍住想怒吼的衝動，想喊著——現在你的妻子還繼續帶著別人的孩子去死！

「她生前最疼愛哪個孩子？」闕擎沒有理會這尷尬的氣氛，繼續問著，「最放心不下誰？」

哭泣中的男人錯愕，「應該是老么小品吧，主要是年紀小。」

妻子點了點頭，「孩子我都掛心，但因爲年紀最小，所以會格外照顧。」

果然，最擔心的卻沒繫在一起，才讓水鬼崩潰了。

「好吧！我不想拐彎抹角了！簡單來說你的前妻因爲溺水自殺所以現在是水鬼，而她現在莫名其妙的認定你們的老么還活著，所以一直在拖同齡小孩子溺水。」厲心棠突然講出實情，「我現在想知道就你的瞭解，有什麼辦法可以阻止她亂認孩子亂殺人？」

一屋子都靜默了。

闕擎頭疼扶額，章警官是因爲理解瞭解才能直說，她現在跟一個麻瓜說這麼多，到底有誰能接受？

他出聲說想借洗手間，打破僵局，由妻子領路，人先溜到洗手間裡去了。

「妳……妳剛剛說……」

「這兩天的兒童溺斃案，都是你老婆的傑作……我不是神棍，我沒有要跟你要錢，要是錢能解決就太好了！」厲心棠不停的搖頭，「我有認識一個七、八歲的小孩，一直覺得自己會被拖走……噢，還有這個！」

她挽起袖子，露出手腕上青紫色的抓痕，「這也是你前妻抓的痕跡。」

曾維源良久才倒抽一口氣，他猶豫著是該報警，還是……不對，他們是章警官介紹來的啊！

「我只需要一個建議，她抓狂時生氣時，有沒有能讓她冷靜的東西，或是證實孩子已經離世的方法？」厲心棠邊說邊敲了自己的頭，「我在幹嘛啊，證實孩子死亡？」

「唱小丸子的歌。」曾維源突然接口，「不管多生氣，美悠她聽見小丸子的主題曲，都會咯咯笑了起來。」

咦？厲心棠愣住了，還眞的有！「小丸子的……」

「對，從副歌開始，她都會笑，能讓她暫時冷靜。」曾維源跟著回頭，「但孩子的死亡要怎麼證明……我不知道……」

順著他回頭的地方看去，是張神桌，厲心棠站起身來看過去，原來至今他還放著前妻與三個孩子的照片。

「我可以看看嗎？」她提出了要求。

曾維源表示沒什麼好避諱的，厲心棠也到靈位前上了香，要求端詳了照片，前妻是個與現任妻子截然不同的典型，但都是溫柔類型，三個孩子長得都很像吳先生，全都只是孩子。

小的那個……長得跟詹冠廷很不一樣，唯一類似就是髮型跟年紀了。

「她眞的……還在？」曾維源不安的問著。

「嗯，不停的找七至八歲孩子，我得阻止她。」厲心棠雙手合十，向著靈位再拜。

滴——答——

清晰過度的水聲傳來，厲心棠倏地回首，警覺的探看四周。

「闕擎？」這傢伙也去太久了吧？

妻子也覺察到什麼似的，趕緊往洗手間去，剛巧差點撞上繞出甬道的闕擎，「哇！」

「啊啊，抱歉抱歉。」闕擎趕緊扶住差點被撞到的妻子。

滴——答——

「噓！」厲心棠食指擱上唇，聽見了嗎？

妻子憂心的去玩具房找孩子，讓他們安靜，闕擎豎耳傾聽……滴——答——

水滴聲未免也太大了！闕擎回身，小心翼翼的順著聲音的方向去，厲心棠在後頭要求曾維源待在神桌前，不要離開。

至少上面還供奉有神明。

滴——答——

聲音越來越明顯，闕擎走到了洗手間門口，他與厲心棠面面相覷，最終推開這扇左推門。

滴——答——水龍頭上的水珠，恰好這麼晶瑩剔透的落了下來。

「厚！」厲心棠忍不住嚷了起來，「關好水龍頭啦！」

她趨前，將洗手台的水龍頭扭緊！

聞聲趕至的妻子笑了起來，「沒關係！鎖緊就好了！」

天哪……曾維源鬆了一大口氣，被這兩個年輕人搞得神經兮兮的！又是水鬼又是水聲，怎能不叫人多思？

最後，離開吳家時，厲心棠還幫闕擎再三道歉，但闕擎一個字都沒吭。

「嚇死人了！」她在電梯裡時嘟嚷著，「現在聽到水聲我也敏感好嗎！還不鎖緊。」

「妳怎麼知道我沒鎖緊？」闕擎淡淡瞥了她一眼，「我根本沒使用洗手間。」

咦？

「來，洗好手了嗎？擦乾喔！」妻子抱著老二洗好手，拿毛巾讓她擦乾，

「誰想吃點心？」

「我我我！」孩子們大叫著，又蹦又跳，妻子笑著帶孩子離開廁所。

而浴缸上的水龍頭登時起了水霧……塞子的地方緩緩自動的下降，封住了浴缸排水孔。

滴——答——

他們回到首都時慢了一步，沒有堵到放學的金子銘，與其說沒堵到，不如說就算趕得上也根本堵不到；厲心棠攔截南中學生才知道，鐘聲都還沒敲，金子銘的母親的車早早停在門口，親自接送他去補習班。厲心棠甚至堵到同爲資優班的學生，發現很多人都知道金子銘的「慘況」，他成績很差，連普通班學生的成績都不及，是個唸書很不擅長、但美術設計感很強大的人，部分同學覺得他根本沒必要在資優班撐，他需要的是一所良好的美術職校。

天空雷鳴，緊接著下起大雨，以腳踏車代步的兩個人被迫停下，先等這滂沱

大雨過了再說。

「他在補習，預計要九點才下課。」厲心棠覺得時間根本不夠用，「這樣我只有一小時的時間了……咳咳！」

忍不住幾聲咳嗽，惹得闕擎多看兩眼。

「妳這樣子還要去上班嗎？」他留意到厲心棠發紅的耳朵，「妳是不是不舒服？」

「嗯？沒有呀！沒事啦！店長臨時也調不到人！」厲心棠立即搖了搖頭，「我有點渴，想買水……水……」

忍不住看著外頭的大雨，她現在看到水都會毛毛的。

闕擎左右張望一下，叫她在原地待著，突然打起傘就走了出去，雨大到撐傘用處不大，闕擎沒兩步身體就濕了部分，但他還是走過巷子，到對面的便利商店，買了茶葉蛋、運動飲料跟喉糖回來。

「……謝謝。」厲心棠有點感動的看著他手上抱著的東西，忍不住甜甜的笑。

「妳如果出半點狀況，我會死無全屍的，不必太感動，別小看人類的求生意志。」他把飲料塞給她，「早上看妳把藥掃進包包裡，半天也沒看妳吃，吃完蛋就吃藥吧。」

厲心棠竊笑起來，不管是自保還是眞的關心她，反正她受到關心就是覺得很愉快，所有人都在廊下躲雨，厲心棠慢慢吃著茶葉蛋，腦子裡卻是百轉千迴，萬分不安。明翰爲什麼不見了？她完全不敢去細想，因爲他的消失與不回應均是反常，依照上一個委託的經驗，她更怕的是……明翰想起了什麼卻沒告訴她，只是尾隨在她後面，像那個鬼大姐一樣，找造成她死亡的人算帳。

「我希望明翰不要是金子霖。」吞下藥時，厲心棠突然感嘆的說，「看著金子銘，我覺得生活在那個家，越聽明只怕越喘不過氣。」

「我希望他不要想起任何事。」闕擎害怕的是這點。

萬一明翰眞的是金子霖，萬一當年他不是意外而是自殺，在那個嚴厲到變態無情的家庭裡發生過什麼事，誰都不知道。

如果是悲慘的回憶，如果明翰一時忿怒値飆升掩蓋了理智，一個好好的水鬼、河妖乾兒子，可能就殺生成爲厲鬼了……他跟明翰不熟，但覺得以亡靈來說是個人畜無害的傢伙，變成厲鬼就太可惜了。

訊息聲響，厲心棠忙查看著，果然是詹冠廷。

「他不敢回家，因爲下大雨……」厲心棠正在複誦，電話居然響了，「喂，冠廷？喔……您好。」

態度一秒變客氣，闕擎耳邊聽見是女人的聲音，猜想著是詹冠廷的母親。

只見厲心棠為難的頻頻點頭，最終還是說：「好，馬上過去。」

「雨這麼大，妳要馬上過去哪裡？」闕擎嘆了口氣，「我們不是保母。」

厲心棠瞪向他，「一個才七歲、被阿飄嚇得魂不附體的孩子，你忍心？」

「嗯。」闕擎沒有遲疑的點頭，「就說了要訓練！」

「他現在還被追殺中……如果那位媽媽水鬼堅持不放過他的話？」厲心棠推著闕擎，「走啦，走過去才十分鐘！」

闕擎真的是重重的嘆氣，完全展現著不耐煩，但還是打起傘跟著厲心棠一同冒雨前往十分鐘路程的小學。

詹冠廷哭喊著不敢走到雨下，事實上一整天他都讓導師頭痛得很，連洗手都能尖叫，上課躲在角落裡，上廁所也拜託導師陪他去；即使到了放學，媽媽的車就在門口，他還是一步都不願踏出教室。

因為教室與門口中間有個大廣場，那兒沒有屋簷。

「姐姐——」

見到厲心棠時，詹冠廷是哭奔過來的，二話不說抱住她，全身都在發抖，闕擎狐疑的左顧右盼，在孩子的教室裡發現了好幾個亡靈，但是……不像懷有惡意的，也都不是水鬼啊。

詹媽媽難受不解的跟厲心棠溝通，她很難解釋，只說孩子不停的說水龍頭裡也有鬼，孩子只信任厲心棠，她是眞的無力了，只好讓孩子跟著厲心棠，她們可以隨時保持聯繫。爾後媽媽只能先走，因爲孩子依舊緊抱著厲心棠。

「帶著他？我先說好，時間到我就回家不負責。」闕擎才恍神幾秒就發現厲心棠攬了保母活。

「帶著啊，至少我們能幫，你又看得見那些。」厲心棠蹲下身來，安撫詹冠廷，「跟著姐姐喔，沒事。」

詹冠廷小臉哭花了搖頭，「才不會沒事，我一打開水龍頭，就有眼珠子擠出來……」

什麼？闕擎即刻走到就在前方的水龍頭，旋即扭開，水嘩啦嘩啦的落下，他倒是沒看到什麼；一聽見水聲的詹冠廷即刻驚恐的繞到厲心棠身後去，那孩子不像說謊，他是眞的在害怕。

「水……」闕擎想起自己說過的，「水鬼就是在水裡的，只要有水，他們哪兒都能去吧……」

校內正廣播著請大家注意安全，請家長留意戲水安全，這讓厲心棠神經敏感的拿起手機滑開新聞，第一則就是下午又一件泳池溺斃案。

「她沒完沒了了！」厲心棠瀏覽熱門要聞，又是個八歲孩童！「她抓了這麼多個，就沒發現沒一個是她孩子嗎？」

「她看不見的，她只看得見活的。」闕擎若有所指的看了詹冠廷一眼，「想著爲什麼她這麼努力，孩子卻還活著。」

厲心棠深吸了一口氣，「到底是哪一種母親，會認爲孩子必須死呢？」

大腿上的手圈得更緊了，詹冠廷夜不敢眠、食不下嚥，小小的孩子鎮日被恐懼籠罩，沒幾天就成了副憔悴樣，現在更是聞水色變，無論誰都束手無策。

唯一能做的，的確就是讓他跟在他們身邊，至少協助防堵那位水鬼媽媽的到來吧？

傘花撐開，孩子自己也一把皮卡丘小黃傘，他們一道兒從教室往校門口走去……雨勢只比剛剛小了一點，但打在傘面上還是乒乒乓乓的響亮。

詹冠廷緊跟在厲心棠身邊，他的傘面大，不至於濕了身子，不過一雙布鞋倒是很快就濕透了。

「咳……咳咳。」厲心棠壓制住咳嗽，不想讓闕擎聽見，喉嚨超癢的。

大雨叮叮咚咚的打在傘上，突然啪的一個震動，讓詹冠廷嚇了一跳。

小臉抬起，在皮卡丘的傘面上，有塊東西停在那裡。啪，又一塊東西從天而降似的，黏在他右邊的傘面，詹冠廷緩下了腳步。

雨水急速的滴落在地上時，濺起小小的白色水花，從天而降的塊狀物越來越多，再順著傘面滑到地下……詹冠廷看著從他傘緣落下的東西，那哪是雨啊，那是一塊一塊的肉啊！

詹冠廷緊握住小傘，嚇得喊不出聲，那肉塊與水一般柔軟無形的聚合在一起，迅速的越聚越多，眨眼間就成了立體的……

走在最前方的闕擎留意到校門口邊的榕樹下，一個與樹融爲一體的亡靈在那兒激動的比手劃腳……後面？

他立即回首，看見壓著喉嚨與傘面的厲心棠，以及早就落後她兩公尺遠的詹冠廷，以及他腳下那片水窪——跟曾幾何時、堆疊在小子身邊的半身女人！

「厲心棠！」闕擎大喝一聲，即刻朝詹冠廷衝過去。

「咦？」厲心棠嚇了一跳，不明所以的看向從她右邊跑過的闕擎，丈二金剛摸不著頭腦的趕緊回身。

女人的上半身在地面上跟著水成形，那顆頭就在詹冠廷的腳邊，腐爛的臉應該是在微笑，咧開了嘴，雙手朝上伸向他。

『孩子……』女人溫柔的說著，『跟媽媽走。』

姐姐──哥哥──詹冠廷一雙腿打顫得厲害，緊閉起雙眼卻喊不出聲！

接著，冰冷的手抓住了他的腳，逕直的往下拖去。

咦咦咦！他一雙腳感受到被水環抱，詹冠廷明顯的覺得自己在下陷，他明明站在地面上，為什麼這會兒像要沉進水裡一樣!?

「哇啊──」

他最終突破了自己的恐懼，大叫出聲！

『跟媽媽走啊！』女人噗嚕的自水窪往下沉，那雙手的末端就拖著詹冠廷。

電光石火間，奔來的闕擎一把抱起詹冠廷，但小孩子的雙腳已經沒入地面的水裡，他拉不出來！厲心棠拋下傘便衝至，大膽的將手伸入水窪裡，試圖撥開水鬼的手！

「他不是妳孩子！妳認錯了！」厲心棠還在說著無用之語，「放手──放手！」

水窪裡噗嚕的冒出女人的半顆頭，那瞬間厲心棠感受她的怒火與殺氣，是正對著她的！

「這不是妳孩子！」厲心棠衝著人頭喊著。

「不要廢話！把她的手剝掉！」闕擎抱起詹冠廷，試圖站起身，掙開水鬼的抓交替。

「最好這麼好剝啦！」厲心棠圈住詹冠廷的雙腳，孩子哇哇大哭，但奇怪的是，不管是廊道裡的老師或是警衛，大家都像是聽不見似的。

厲心棠死命的扯、死命的掰開水鬼的手都未果，突然想起了前夫的話……對付暴走的女人，只有一個方式！

「小丸子！」厲心棠看向哭泣中的詹冠廷，「記得嗎？剛剛告訴你的絕招！」

無論什麼情況，只要唱起小丸子，她總會破涕為笑！

厲心棠率先開口，詹冠廷趕緊跟著唱和，拖抱著孩子的闕擎在這瞬間感受到水鬼力道的遲疑，抓緊時間一把將詹冠廷拖了出來！

但因為力道過猛，兩個人雙雙跌坐在地，但至少……遠離了那片水窪，而他依舊緊緊抱著孩子。

果然有效！這可以讓暴走的人平和下來耶！

厲心棠跟著收回了手，眼前的水窪裡，再度浮出那顆看一百次都不會習慣的腐爛頭顱。

『呵……呵呵……』她應該是在笑，但很難辨認，『你果然就是我的寶貝……』

嗄？厲心棠一時錯愕，現在她是在說什麼？

『小品知道，媽媽最喜歡小……丸……子……了……』女人朝著緊抱著詹冠廷的鬮摯笑著。

剎那間趁其不備，伸手抓住了就近的厲心棠——『他必須死！』

「哇啊——」厲心棠整個人往前仆倒，但她已經有所防範，下意識右手就往那顆頭顱抵去！

『嘎——』

彷彿銀光閃耀，右手上的戒指貼上了水鬼，她像爆炸一般瞬間在厲心棠面前炸了開！

救命啊！厲心棠別過頭去，噁心死了，有爛掉的水鬼在自己面前炸開多噁心啊！

「怎麼了？怎麼回事？」身後傳來沾水的跑步聲，警衛終於留意到他們了！

厲心棠緩緩睜開一隻眼，水窪仍在，大雨依舊滂沱，但沒有什麼炸開的腐屍，依舊只有濕透的他們，還有滿地的雨水。

「哎唷，跌倒了嗎？天雨路滑要小心啊！」警衛撿起厲心棠掉下的傘，忙不迭過來爲她撐傘，一邊試圖拉起她。

厲心棠抹去一臉的水，向警衛道謝的撐著起身，擔憂的看著一旁的闕擎，他已經拉著詹冠廷站穩，只是孩子嚇得直打哆嗦，緊緊抓著他的褲腳不放。

「謝謝喔！不小心滑倒的！」厲心棠趕緊敷衍過去，雨水不停順著髮絲滴下，她也只能不停抹去。

他們三個匆匆離開校園，厲心棠離去時還不安的看向剛剛發生事情的地面，眞的就只是一般的雨水與水窪地而已……水鬼如果能順著水到處移動，那根本無處不在啊！

「小子沒事，妳呢？」到了校外附近較靜謐處，闕擎收了傘看著牙齒打顫、還是搖頭說沒事的厲心棠，「你們家的人嘴都很硬嗎？」

「啊？」厲心棠蹙眉，沒事扯他們家幹嘛？

闕擎將詹冠廷推到她身邊，叫他站好，沒說幾句又出去轉了一圈，沒幾分鐘後再度返回。

「我看到下個路口有服飾店，妳得先去把全身的衣服換掉，妳的磁場再減弱，不必等水鬼媽媽，一般的路鬼甲都能上妳的身。」他眼神往旁瞟，已經好些個朝這裡聚集，虎視眈眈。

拉起她冰冷的右手，蕾絲戒指閃閃發亮，就算有這玩意兒護著，上了身就沒這麼容易了，人的氣場跟身體狀況有絕對的關係。

「就是那個人……」詹冠廷終於開了口，「我一直看到她，那個聲音一直叫我跟她走，她又不是我媽媽！」

「她搞錯人了，分不清楚……」厲心棠搔搔頭，「就像認知障礙或老人痴呆那樣，她一直在找她小孩，以爲是你！」

孩子抿著唇，瞇瞇眼擠出淚水，「那爲什麼那個媽媽要殺她小孩？」

「問得好，姐姐也不知道。」厲心棠聳了聳肩，摸摸詹冠廷的額頭，她只覺得大事更不妙了，「闕擎，我剛剛是不是做了……」一件蠢事。

「是。」

「可是小丸子的歌的確讓她錯愕才鬆了手。」厲心棠難受的望著擔心受怕的詹冠廷。

「但也讓她認定了這小子就是她小孩，恭喜喔！」闕擎已經完全不想評論了，「往好處想，至少她應該不會再繼續對其他同齡男孩下手了！」

什麼?詹冠廷再小，也聽得懂他們在說什麼，仰著頭向左邊看看哥哥、向右邊看看姐姐，「我不是她小孩啊！」

「但你們剛唱了小丸子，那有點類似通關密語，所以那個媽媽會覺得我孩子果然記得我最愛什麼。」闕擎第一次用溫柔語調對詹冠廷說話，卻全是調侃，「哥哥想想這叫什麼？自掘墳墓！」

嘖！厲心棠不客氣的推了他一把，「少在那邊說風涼話！想想該怎麼辦？」

「先去換衣服，我要以自己身家性命為前提。」闕擎轉頭就走，催促著他們跟上。

闕擎挑了一路都是走廊的路徑，勉強為厲心棠拿傘揹包包，她就負責帶最麻煩的孩子就好了；進入服飾店後渾身濕透的她吹到不要錢的冷氣就頭疼，但還是匆匆的挑選衣服換下，服裝店人員也很貼心的拿毛巾讓她擦拭。

詹冠廷由闕擎帶著，他們找個角落面對外頭，大雨依舊傾盆，小手一樣只能緊揪著闕擎的褲腳，因為這個哥哥不太喜歡理他。

「那個媽媽的也是淹死的嗎？阿強是她帶走的嗎？」

「是，不知道。」闕擎淡淡的回應，「你現在還是看得見那些嗎？」

「嗯。」孩子點點頭，語調都是哽咽，「但我覺得有的好像不會傷害我……」

「多半都不會，只是想麻煩你而已。」這才討厭，「你算幸運的，一開始就遇到經典媽媽。」

詹冠廷仰頭看著闕擎，眼淚依舊在眼眶打轉著，這一點都不幸運啊！

「如果是她帶走阿強，她一直一直在害小朋友嗎？還有那天在游泳池裡……就因爲想找到她小孩。」詹冠廷嗚嗚咽咽，「她小孩有這麼多個喔？一直要害人家！」

「大人的世界很複雜的，說了你也不懂。」闕擎嘆口氣，「晚點我們會去另一個哥哥家，你到了那邊什麼話都不要說，懂嗎？那裡只怕更精彩。」

詹冠廷似懂非懂的點點頭，「是那天水裡那個哥哥嗎？」

「不是，是活人。」闕擎失笑出聲，瞧明翰多光鮮亮麗，這剛誕生的陰陽眼小子也都分不出他是人是鬼。

是啊，要這麼像人，沒有一點力量是做不到的。

「我好了！」厲心棠換上一身乾爽的衣服，輕快的在他們身後。

闕擎轉頭，看見的卻是氣場更虛弱的女孩。

「妳在發燒嗎？」擰眉上前，他試圖想碰觸她，但即刻收手，「自己摸！」

「一點點吧，但我有吃藥，沒事！不過我需要喝點熱的。」在外面無法泡熱水澡，寒意祛不盡，「然後我要再去河邊一趟。」

哼！闕擎一抹笑，「水到哪裡，水鬼就能在哪裡的話，何必一定要到河邊！」

第九章 虎爸虎媽

明翰沒有出現。

厲心棠後來還在車站咖啡廳女廁裡蓄好水召喚，明翰始終沒有出現，她其實覺得頭暈目眩，喝了兩杯咖啡提神，身子依然發軟，而且不知道爲什麼總覺得冷，又吞了顆退燒藥，她可不希望現在突然發燒起來，這樣她很難辦事。

她自己也察覺到身體不對勁，因爲那個水鬼女人要帶走詹冠廷前，她沒有感受到那種必殺的情緒……甚至她在幫忙拔河時，也完全感受不到水鬼的想法與感受！

她眞的是感冒了，無法專心。

現在讓她煩的事更多了，明翰的失蹤讓她恐懼，然後詹冠廷的事又弄巧成拙，原本以爲可以阻止水鬼媽媽並讓她清醒，怎麼變成讓她認定詹冠廷就是她一直找不到的孩子！

到底用什麼辦法，才可以讓媽媽理解到，她當年超級大成功，四個孩子都被她弄死了啊？

難不成要她丟屍體嗎？都十年了，全是骨灰了啊！

至少得先護著詹冠廷，他現在是水鬼的第一目標……或者是她吧？在召喚明翰時她張開右掌在水面上，就怕媽媽突然現身攻擊她，她便可以把戒指貼上水鬼的臉。

「叔叔還眞是給了不錯的東西……」探視自己的右手，這枚精緻的蕾絲戒指，還有點作用呢！

「來了！」闞擎提醒著，遠方巷口的燈光亮起，算算時間應該差不多是金子銘補習班下課返家的時候了。

九點半，車子停在門口，金子銘家是獨棟三樓別墅，家境富裕，父母均爲高學歷，或許很多人羨慕這樣的家庭，但生活在裡面的人應該有不同想法。

下車的金子銘存在感極低，詹冠廷緊張的加重手上的力道，那個哥哥身上好多……那、個喔。

「怎麼啦？」厲心棠瞧不見，但感受得到詹冠廷的害怕。

兩個肩膀上有一堆不成形的鬼，他們或爭吵或訕笑，就盤踞在他肩上，偶爾張開大嘴，像啃他的頭一般，沒入他的腦子裡。

所以他會跳下去並不意外啊……被這麼多東西纏上，源自於氣場的虛弱，一個鎭日在痛苦、壓力與想死的思想中過日子的人，是亡靈們最愛的身體；而陰氣罩身，惡性循環，他們都會加重他的絕望。

終於等他們進入家門，他們躲在轉角處，都可以聽見車門甩上的聲音，遙控車庫門關上前，聽得見母親的低吼。

「四十九？這種分數你有臉考？難怪你把成績單丟了！」

厲心棠喉頭緊窒，這對父母她打從心底的厭惡排斥。

一分鐘後，他們做好準備，闕擎提了盒蛋糕，按響了金家的門鈴——迎接他們的，絕對不會是多友善的態度。

「我是昨天救金子銘的人，今天來探望他！」闕擎難得扯開了嗓子，「方便進去嗎？」

平時的闕擎就是惜字如金，不愛說話，音調也低，厲心棠還是第一次看見他這麼中氣十足的朗聲說話，非得讓左鄰右舍都聽到爲止……這樣，縱使開門的金母再不甘願，也會爲了面子笑吟吟的迎他們進屋。

「金爸爸好，金媽媽好。」懂事的詹冠廷依言朝著金家父母鞠躬。

金育博冷漠的坐在沙發上，連起立都懶，「請坐。」

孩子最快在玄關換好鞋後進入客廳，厲心棠跟闕擎卻卡在玄關處，呆愣良久……因爲金家的鞋櫃上方牆面，就掛著一件深藍色法蘭絨的外套，上面有個象徵驕傲的校徽，還有一整排金光閃閃、有著熟悉紋路的扣子！

第一高中的限量版外套！

「那是第一高中的資優班外套。」劉孜卉端著茶走到客廳，「十年前最後一屆，後來就再也沒有區分了。」

「哼，說什麼不該區分學生，笑話！智商一百八的跟八十的，能沒區分嗎？矯情！」金育博嗤之以鼻。

厲心棠只能乾笑，脫下鞋子時滿腦子都在想，這家人到底是能多誇張啊？闕擎則緩慢的脫鞋，一邊計算著外套上的扣子，沒有任何缺漏？

「十年前，所以現在不能穿了喔？」厲心棠裝傻的問，「挺好看的。」

「榮譽才是最重要的，好不好看其次。」劉孜卉看著牆上的外套，眼神裡難得溫柔，「那本該是屬於……這是給子銘的惕勵，希望他以考上第一高中爲目標。」

「不錯的鼓勵，在出入的玄關每天都能看見。」闕擎還答腔，這簡直是人間地獄吧！

換好拖鞋，他們會先經過右手邊的樓梯，緊接著是客廳沙發；蛋糕擱上桌子，金育博與劉孜卉敷衍的道謝，只是主角居然不在。

「金子銘還好嗎？我擔心他的狀況，今天居然就能上學？」闕擎平靜的問著。

「嗆了點水又沒受傷，課業一天都不能鬆懈，年輕人優點就是身體好，沒什麼！」金育博看著闕擎，「謝謝關心，他沒事！我們也很謝謝你昨天出手相救。」

雖然感受到謝意很薄弱，但闞擎全當沒事般。

「他人呢？剛回家就去用功了啊？」厲心棠刻意提起要見金子銘一面，「總是讓我看看狀況吧？」

劉孜卉顯得不太高興，「一分一秒都不該浪費……」

「吃塊蛋糕沒什麼吧。」闞擎主動趨前，拿出了他買來的蛋糕，就要動手切。

劉孜卉再不甘願也連忙阻止接手，沒有讓客人做事的道理，她拎過蛋糕，才朝沙發後的樓梯上喊著，「金子銘！」

金家的客廳寬敞，金育博坐著的沙發後面有個矮櫃，櫃子上是各種酒類擺飾，照片、裝飾物品及一台冷熱的飲水機，飲水機旁是另一面牆，看得出來也是櫃子，只是櫃門開在另一邊，該是廚房與餐廳的分隔櫃。

金家處處是牆，餐廳一間、廚房一間、客廳一間，一如他們給人的感覺一樣，到處是隔閡。

樓上終於傳來腳步聲，聽起來有點雀躍，厲心棠猜想或許是難得有放鬆的時間，可以吃塊蛋糕？她不知道，感受鬼的情緒比人容易多了。

「您好。」下樓的金子銘，臉色其實比昨天更糟。

「您……你沒事吧？你臉色很差耶！」厲心棠即刻起身，「有發燒嗎？還是哪裡不舒服？」

金子銘嚇得大退一步，躲開了厲心棠的碰觸，「我沒事……沒事。」騙子，連小小的詹冠廷都知道那個大哥哥怪怪的。

「想確定你都沒事嗎？這樣立刻上學會不會很辛苦？而且今晚還補習到這麼晚。」闕擎用沒感情的語言關切，「當然，也是想回到昨天的問題，關於金子霖……」

其實他們已經看見金子霖的照片了，根本如影隨形的放在家裡每一個角落，從沙發旁的小方型茶几上，到所有的架子櫃子，甚至是飲水機上的矮櫃，都有著男孩的照片，而每一張都不是屬於金子銘。

說實話他們兄弟一點都不像，更悲摧的是，也不像明翰。

「你們如果要說那種怪力亂神的事，那我們只能送客了。」金育博當場扳起臉來，「昨天子銘不小心落水是意外，很謝謝你們的幫忙……」

「是意外嗎？」厲心棠完全無法忍受，倏地看向金子銘，「你是跳下去的吧，橋那麼高，怎麼會是意外？那座橋我熟得要命，我甚至在想，十年前——」

「不可能！哥哥是意外！」父母沒開口，金子銘反而激動的出聲了，「你們不懂！我哥跟我不一樣，他超級世界優秀的，什麼資優班，什麼第一名，第一高中都是小菜一碟……跟我、跟我眞的不……」

「知道不一樣，還不快點去用功！」劉孜卉語氣突然變化，就要催促金子銘上樓，厲心棠才不讓她這麼做，一步上前輕扶住了金子銘。

「我有點事跟你聊聊，借一下廚房。」她突然就推著金子銘往裡頭走，劉孜卉措手不及。

「我也想跟兩位聊私事。」闕擎趕緊接話，心裡低咒著厲心棠想這招也不先跟他說好。

詹冠廷年紀雖小但是感受性也強，他默默的離開沙發，有一種「大人要說話」的感覺，默默躲到沙發背後的矮櫃那邊去玩。

進了餐廳，乾淨的桌上一絲不茍，連餐廳的廚櫃上都有金子霖的照片，厲心棠立即拍了一張。

「你們說的是眞的嗎？哥哥……」

「不確定，但有人在找自己生前是誰，十年前這個月青少年溺斃，只有一個人……」厲心棠淡淡瞥了他一眼，「你哥眞的是意外嗎？十年前你幾歲？六歲？」

「我哥是資優生，眞正的資優生，我爸媽的驕傲。」金子銘一雙眼睛閃閃發光，「也是我的。」

金子霖從小到大，是各方面都強的男孩，雖然體育跟其他方面都優異，但父母看的只有成績，不過他也沒讓父母失望過，不但是資優班，還是資優班裡的第一名，校內第一永遠是他的。

所以當年還沒基測，金育博就先買進了資優班的外套，因爲他知道那是最後一屆，兒子考上的那屆將不再有這種獨特外套；當初也是掛在玄關，激勵著兒子，考上後一定要穿上這外套，享受風光的拍照紀念。

「我記得……他被找到時已經腐爛多時，研判至少死亡超過一週，那時還沒到基測大考時。」厲心棠一邊說，目光忍不住落在餐桌上一個碗，「所以根本不知道他有沒有考上。」

那是個狗飼料專用碗，上頭還用紙貼著「LOSER」字樣。

「這是爸媽的遺憾，沒有人知道哥到底是怎麼掉下去的……他本來就比我外向，爬上去坐在欄杆上頭也不無可能。」事實上金子銘沒有從父母那邊得到太多哥哥死亡訊息，「總之掉下去的哥哥不可能回來，然後他們開始期望我可以跟哥哥一樣，但那是不可能的，我們……不一樣……」

金子銘突然哽咽得話不成串，淚水翻湧的拼命往下掉，落淚速度超過他抹去的速度，最後他只能雙手掩面，說著語焉不詳的話語。

厲心棠聽不清，但他很悲傷，大概是他說自己很笨，永遠都不可能達到哥哥的境地，現在這個資優班，他很累，人生太累了……

『爲什麼不放過他——』

喝！正要安慰金子銘的厲心棠倏地回頭，強烈的忿怒情緒襲來，不平、憤懣，還有……入骨的恨！

有東西在這裡！

噗嚕嚕！飲水機裡突然冒出了氣泡，發出的聲音引起了詹冠廷的注意，小男孩打趣的看著飲水機裡的氣泡，好奇的很想自己去倒茶，但又不敢跑到沙發那兒去。

黑髮哥哥在跟這兩個爸媽討論「水鬼」必須抓交替才能離開的事，說他們的孩子還在水裡，並且對裡面那個大哥哥跳河的事非常不滿。

他是覺得怪怪的啦，因爲一路上明明大姐姐他們根本不確定誰是那個金子霖啊……

「夠了！你到底是什麼神棍？」金育博怒吼一聲，「劉孜卉，去把子銘帶出來，別讓那個女孩亂講！」

「不是每一次都能被救上來！我可不是天天在那裡的。」闕擎冷冷的應著。

金育博氣急敗壞的起身裝水，詹冠廷嚇得縮在角落動也不敢動，金育博也不客氣的瞪著他，倒水時發出噗嚕嚕的聲音，讓詹冠廷偷偷瞄著。

「他如果有勇氣再跳一次，那就能考上第一高中！」金育博裝滿茶轉過身時，衝著闕擎低吼。

此時的餐廳裡，正巧走出金子銘，他看著站在飲水機旁的父親，未止的淚水再度湧出。

「你們都知道他是自殺，還想再逼他跳一次？」厲心棠實在無法忍受，「金子銘，你需要幫助的話只要給我一個暗示就好，我可以幫你！」

「幫什麼啊？妳能幫他考試嗎？你們可以走了吧！」劉孜卉一把拉過了孩子，「你哭什麼？我都還沒哭咧，一點小事至於嗎？如果你今天考得好，是不是大家都不必這麼難受？」

厲心棠不死心的上前抓住金子銘的手，認真的看著他。

遺憾的是，金子銘從頭到尾都沒有再看厲心棠一眼，並沒有向他們求援。

「走吧。」闕擎起了身，「冠廷！」

男孩站在飲水機邊，用一種驚恐的眼神看著飲水機裡，眼尾緩緩的瞟向闕擎；但他沒有遲疑，飛快的朝著闕擎身邊奔過，用第一時間穿鞋。

厲心棠不明白，這家人都這樣對他了，爲什麼金子銘還不求救！這跟很多人都覺得被家暴的女人及小孩每日生活在地獄裡，爲什麼他們都不對外求助？她人就在這裡啊，只要他一句話——

闕擎主動上前，一把扳過她的肩頭，走了。

她深吸了一口氣，強忍住怒火，環顧了這個家，跟那兩雙敵對的眼神、低頭的金子銘，決定什麼都不說。

就讓那股恨意漫延吧，她立即去穿鞋，如同闕擎所言，各人造業各人擔。

「這件外套，」臨出門前，闕擎輕輕撥動著外套，「只怕沒人能穿吧！」

「你你你閉嘴！」金育博衝了出來，「子銘會穿的！他能穿上的！」

厲心棠已經奪門而出，還能聽見門裡金育博的咆哮聲，她緊緊握著詹冠廷的手，簡直怒極攻心。

闕擎跟在後面，回頭看著這戶人家，燈火通明的窗子，他現在幾乎看不到光了。

「喂！厲心棠！」他正首叫著，「妳走這麼快幹什麼！」

厲心棠這才緩停下腳步，她掐到詹冠廷發疼都不敢說了。

「我就是氣！你知道裡面有個碗是金子銘的嗎？他媽讓他用狗碗吃！還得跪在地上吃！」厲心棠簡直不可思議，「只要考不好，就得跟狗一樣，他們家根本沒有狗！」

「裡面有什麼嗎？情緒？」闕擎根本不管金家怎麼了。

厲心棠緊張的收口，不悅的往旁看去，「有，有怒氣跟恨意，比我強烈很多……我不想管。」

「在哪裡？」他低頭，問向詹冠廷，「我隱約看得到陰氣森森，但沒看見實體，你看見什麼嗎？」

男孩唇齒打著顫，大哥哥沒看見嗎？

在那個透明的飲水機裡，有一個人隨著每一次的氣泡被「擠出來」，現在塞滿了那個透明的儲水箱啊！

「河裡的大哥哥就在裡面，被那個爸爸喝下去了啦！」

聽得樓下爸媽在辱罵他的救命恩人，金子銘只是把房門再關緊一點。

他其實一點都不感謝闞擎，因爲他是眞的想死；他只是在想，下一次跳河時，希望不要再被救了。

「子銘，我先去洗，二十分後換你。」母親逕直開了門，沒有敲門這件事，因爲這是突擊檢查，也是在看他有沒有在唸書。

「好。」金子銘點點頭。

他永遠不會被抓包，因爲他也只是具空殼，坐在攤開書的桌前發呆，自從昨天跳河後他就完全不想再唸書了，橫豎都要再死一次，何必再花時間？

「哥哥，」他趴上桌，「你爲什麼要死呢？」

如果哥哥還在，或許爸媽就不會這樣逼他了對吧？人生，是不是也能比較快樂了？

『爲什麼不放過他！』

男孩的頭塞滿了整個儲水箱，他忿恨的瞪著那個背影，他原本以爲忘記一切了，但當看到那張成績單時，瞬間所有的記憶都湧回了！

金育博起身，再度來到飲水機前，按下了熱水。

『我必須讓他自由！』男孩貼在透明水箱壁上，與金育博面對面。

金育博手一扳，水立刻往下流，儲水箱裡的水鬼咻地跟著被吸下般的消失……剩下的，就是金育博手裡那杯溫熱的茶。

「怪事年年有，瘋子特別多！」他還在氣闕擘他們，跟著就口喝了一大口茶。滑開手機，裡頭是導師傳的訊息，他不想讀！今天導師又要他們談轉班的事，還說什麼子銘應該往美術發展！笑話，美術能當飯吃嗎？

他們家的孩子，就只能唸第一高中！考不上都是沒用的廢物！他才不會有那種廢……

「噁！」一陣嘔心感湧上，金育博往前乾嘔了聲。

怎麼突然覺得不太舒服，一直有什麼東西要吐出來的感覺……金育博掩著嘴慌忙起身，卻沒走兩步噗嘩的吐出了一大口鮮血！

嘩！血濺滿了沙發與地板，金育博跟著跪倒在地。

「啊啊啊……」劇痛感襲來，他緊抓著地板。

他五臟六腑都好痛，絞痛感彷彿有人在裡頭用刀割一般……低著頭的他鮮血不停的從鼻孔流下，沒有幾秒，眼前跟著一片泛紅，他感受到連耳朵都有熱液流出，顫抖的伸手去摸，指上全是豔紅鮮血。

怎麼會這樣？他痛苦的轉過身，掙扎的想要抓過桌上手機，他要叫救護車，必須……

『你們應該放過他的……』聲音突然從腦海裡傳來。

「欸——」金育博驚恐的隻手往腦子上拍，這聲音……怎麼好像有人在他腦子裡說話？

而且這個聲音是——

『當初不放過我，現在也不放過他嗎？』

「子霖？」金育博莫名的喊出聲，隨即跟著一大口鮮血往外吐！

這一口不純粹只有血液，還有著像組織的塊狀物跟著吐了出來！

「啊啊——」劇痛撕心裂肺，金育博倒在地上全身扭曲抽搐，「老……婆……子銘……」

他的聲音虛弱，根本沒人聽見，二樓的劉孜卉正在放洗澡水，更不可能聽見他的求救。

他現在不只肚子疼，他全身都痛，身子不正常的扭曲到彷彿快把身子撐斷似的，接著看著自己的肚子越來越大……越來越漲，隨便張開嘴，就有鮮血不停湧出。

不只是嘴，眼耳口鼻，他幾乎是七孔流血的狀態……這是怎麼……啊啊啊啊！

「子……霖……」他咬著牙，身體劇烈的顫抖。

『你們毀了我，我不能再讓你們毀掉他……』聲音在腦中放大，也逼得金育博頭痛欲裂。

「哇啊啊——啊……」痛苦的慘叫聲未響，血液淹進了他的氣管中，他痛徹心扉，身子都極度用力而僵硬。

身體像灌了氣的氣球一般越來越大，襯衫扣子都已迸開，那肚皮看著就要裂開似的，金育博仰躺著僵硬四肢，張大嘴無法呼吸——

砰！他爆炸了。

一堆東西同時從他身上所有的孔洞噴出，剩下衝不開的東西，便炸開了他的身體。

滿室滿牆滿天花板全噴滿了鮮血內臟，金育博像炸裂後的氣球般，癱在了沙發與茶几間的地板……只剩一張人皮似的。

嗯？隱約的像是聽見什麼聲音，劉孜卉在浴缸裡緩緩睜眼。

樓下有什麼東西掉下來了嗎？她從浴缸坐起來，一屋的熱氣氤氳，讓她的臉頰通紅。

不過在這裡喊也沒人聽得見，她決定起身去察看，也要順便叫子銘來洗，子銘洗好澡後還要唸個兩小時書才能睡呢。

撐著浴缸邊緣才準備要爬起來，一股吸力突然猛地讓她坐回，咚！

「啊！」骨頭重重坐上浴缸底，劉孜卉有點發疼，「哎呀……」

她是腳滑了嗎？雙手同時撐著兩邊要再站起來，卻發現那吸力強大，而……她瞪著眼前的水，居然有道漩渦？

這漩渦彷彿就是吸著她的主因似的，劉孜卉是瞠目結舌，最好泡澡能有漩渦，這是什麼？但是沒等劉孜卉反應，浴缸裡的水溫度卻急遽降低，轉而冰冷，掙扎無法起身的劉孜卉完全措手不及。

『逼死一個……真的還不夠嗎？』

咦？劉孜卉驚愕的抬頭，聽著在浴室裡迴盪的回音，這聲音她絕對不可能忘，沒有母親會忘記自己孩子的聲音——尤其是優秀的孩子。

「子……霖……？」

水龍頭驀地轉開，流出了渾濁的水，下一秒切換拉桿一扳，水從蓮蓬頭裡灑出，驚得劉孜卉失聲尖叫！

「這什麼……」水好冰，她想起身，這究竟是……

啪……浴室裡的燈光明顯的在一秒內暗了幾度，整間變得詭異昏黃，她腦海裡浮現出剛剛那兩個年輕男女說的：子霖還在那條河裡，他還沒抓到抓交替，還是個水鬼……水……

有個東西，從她面前緩緩浮上來了。

劉孜卉嚇得全身發抖，卻說不出話，冰冷的水與上頭不停灑下的水都讓她視線模糊，但是她還是可以看得見……一具腫脹到不像話的屍體，就在她的浴缸裡！已經難以辨識的五官，漲到隨時都會炸開的皮膚，因著泡水而格外光滑，但是……那……她好像認得這個人。

『放過……我們……很難嗎？』浮水屍開了口，每一個字都從嘴裡吐出了黑色的水與泥沙。

「子……」劉孜卉不可思議的張大嘴，後頭的蓮蓬頭水量驀地加大，管線顫動，如活起來般往前套住了她的頸子！「咦！」

她掙扎著雙手鬆開往浴缸底滑動，就在這剎那，眼前的水鬼驟然趨前，用那浮腫的手瞬間罩住了她的臉，直接往下壓。

唔唔唔——劉孜卉整個人被壓進浴缸裡，她雙腳雙手劇烈的在浴缸裡掙扎著，水花如此激烈也被淹沒在水聲當中，浴缸裡的溫度異常冰冷，在昏暗的浴室中，水面上浮著的是她應該最驕傲的那張臉，那張……

瞳孔漸漸放大，踢水的動作也停止了，水龍頭自動轉動後緩速關閉，蓮蓬頭不再灑水，天花板的燈閃一下後恢復白亮，世界回到了寧靜。

只剩下浴缸裡的水還在波動，一小波一小波的湧出浴缸之外，而那水鬼啪的一秒幻化成水，一塊湧出了浴缸外，流進了地板上的排水孔裡。

五十公尺外的便利商店內，闕擎站起了身，看著不遠處那森黑氣息的消散，他微微一笑。

時間到。

金子銘打開房門，覺得有點奇怪的他走下樓，二十分鐘已經過了，照理說媽媽是個準時到分秒不差的人，尤其會影響他唸書的事，她連零點一秒鐘都會計較，怎麼到現在沒出來？

而且，他剛剛好像聽見了媽媽的叫聲。

「媽？」金子銘敲了敲門，門裡沒有任何回應，「媽？」

但他當然不會貿然開門，敲了幾聲作罷後，他決定去一樓先找父親，因爲媽再怎樣，也不太可能不回應啊！

「爸！爸爸！」金子銘緊張的下樓，「媽好像出事了，我敲門她都……」

還沒走到一樓，就差那麼幾階，金子銘就從條狀鏤空的櫃子裡看見了客廳裡滿室的鮮血，一片狼藉。

金子銘呆住了，他下到一樓，向右看向整片客廳的慘狀，他甚至……看不見父親在哪裡，這些血跟血塊是誰的……

「啊……啊啊啊——」金子銘第一時間，扭頭向左，逃命似的奪門而出！衝出大門後跳下兩階階梯，踉蹌得差點跌倒，卻被人穩穩的扶住身子，更嚇得他魂飛魄散！

「金子銘，金子銘！」闕擎搖著他，「冷靜一點！怎麼了？」

「啊啊……啊……」一看見闕擎，他淚水都飆出來了，「我爸……我爸他——」

闕擎朝裡瞥一眼，他就站在門口，直線看進去都可以看見滿滿的血花四濺，裡面到底是多慘？

「報警！」闕擎超大方的把傳統手機交給他，「我進去看一下！」

「大哥！大哥——」金子銘像詹冠廷一般，驚恐的抱著他，「不不，那裡面……」

「你幫我看著大門好嗎？然後報警。」闕擎留意到附近有人家亮了燈，他速度得快，「千萬別讓門關上！」

金子銘發抖的手這才鬆開，「還有我媽……我媽……」

他用身體抵住了家門，闕擎直接走了進去，經過了玄關的甬道，客廳的慘狀看了就令人作嘔，這應該是一個人全身的血都爆出來了吧？還有到處噴濺的塊狀物，是內臟？還是組織？已經不得而知了。

「金伯父！」闕擎刻意大聲喊著，「金伯父你在哪裡？」

鼓起勇氣踏了進去，這個筆錄是逃不過了，但是他想盡可能的看看現場是哪個水鬼造成的，又是怎麼辦到的！

來到茶几與沙發間地板，他終於看到側身躺著的金育博，下意識朝矮櫃上的飲水機看去；小子說的，那裡面塞了一個水鬼……視線繼續落在桌上的杯子，裡面的水幾乎流光，茶葉渣都還在桌上，金育博當然是喝了飲水機的水，換句話說——

他喝下了水鬼。

「金伯父！」

「我爸怎麼了？」金子銘嚇得想進卻不敢進！

「他倒在沙發地板上，你叫救護車了嗎？金伯父！」闕擎裝模作樣的搖著，這種血量要能活著，就換他該怕了。

將金育博轉了過來，闕擎狠狠倒抽一口氣，渾身是血，那炸開的腹腔空空如也，他忍住作嘔的衝動，不再動手，飛快的環顧四周，但這些內臟肉塊眞的太多了，先爲鑑識人員默哀，一時之間他還找不到什麼線索。

二樓的劉孜卉呢？他猶豫著要不要上樓，但光解釋爲什麼這時候還在金家外面已經有點麻煩了，他不應該貿然上去二樓！

對！他決定退出金家，陪金子銘一起等待警方到來！闕擎剛循著原路退出，盡量讓自己腳印重疊時，一個氣泡引起他的注意。

噗嚕嚕，外頭也濺滿鮮血的飲水機冒出了一個氣泡，小子說的，那個水鬼是順著這種小氣泡，一點一滴攢成一個水鬼的。

他從血中看見，那因著氣泡而在飲水機盆裡漂浮的物品。

是個五彩繽紛、破碎的戰鬥陀螺。

明翰。

「嘻嘻……哈哈哈……」

「哇——呀呀！」

潑水聲與孩子嘻鬧尖叫聲不停，才抽點空回房間拿浴巾的母親無奈笑笑，「你們不要玩太凶喔！」

她連忙回到浴室，兩個孩子正在浴缸裡玩得不亦樂乎。

只是……她有點迷糊，剛剛不是老大在靠水龍頭這兒，因爲她怕妹妹亂開水龍頭，所以把妹妹擱在浴缸尾端？

「你們……換位子嗎？」她有點驚訝，是因爲浴室裡的玩具超多，並不容易更換位子。

「嘻嘻……哥哥抱！」三歲的女孩笑得花枝亂顫。

「哥哥會抱啊！這麼厲害！」媽媽首先用浴巾裹起妹妹，趕緊擦乾，「媽媽先把妹妹抱去喔！」

「好！」哥哥正在玩船，根本還不想起來。

滴——答——身後水龍頭的水，突然滴落，滴。

有隻手，在男孩肩頭點了點。

男孩怔了一下，轉過了頭。

「大哥哥！」

百鬼夜行
第十章
南中資優生

金氏夫妻慘死於家中，鑑識人員對現場震驚到說不出話，金育博死狀淒慘，所有內臟全數破碎且不在體腔內，他就像身體爆炸一般，只剩下層皮與骨頭，甚至連四隻的皮膚也均是炸開的狀態，甚至許多組織與血都從七孔爆出，眼珠子分別在客廳的兩個角落中被找到。

但現場的血液量超出了一個人體該有的量，甚至多出數倍之多，看起來彷彿……被稀釋過了？

河水。闕擎第一時間想到的是這個，等他們化驗之後，應該會神奇的發現，金育博體內有大量不合常理的河水吧！

而劉孜卉溺死在浴缸裡，發現時頸子上圈著蓮蓬頭的管子，但頸部並沒有勒痕，她臉上留下一個手印，是有人壓著她，將她沉在水裡直至溺死爲止；所以金子銘成了嫌疑犯，蓋上掌印以便檢驗。

而十一點還在金家門外的闕擎自然備受關切，他當然都備好應對之策；晚上九點與厲心棠一起拜訪金家，探視金子銘後，送小朋友回家並給予他自己的護身法器，而厲心棠則去便利商店上班。

他後來返回附近是因爲「於心不忍」！因爲在對談中發現金子銘有被精神家暴的跡象，當眾勸說無效，金子銘又疑似家庭壓力不敢檢舉，所以他就在附近便利商店陷入掙扎與沉思，想著該不該幫金子銘檢舉。

最終決定再跟金氏父母溝通一次，所以他回到金家門口，卻在按電鈴前聽見金子銘的大叫聲、接著撞上狂奔出來的他！發現室內不對後，他讓金子銘用他的陽春手機報警，自己進屋查看，只是在客廳發現金育博的嚇人屍體後，便飛快退出金家，一邊安撫金子銘一邊等待警方的到來。

「原來……」警察邊聽邊敲著鍵盤，闞擎面無表情的坐在對面。

這是他完美的說詞，反正他也不是凶手，更沒從案發現場拿走什麼，只是個熱心助人的市民，在屋外的金子銘也能聽見他不停的叫喚聲，一切合情合理。

剩下就是取指紋、按腳印，脫下血衣供警方調查，以便排除在現場遺留的跡證罷了。

捺下指紋時他內心有遲疑，醫院那關是逃過了，可這邊還是躲不掉，幾個鍵就能調出他的資料了吧，唉。

「那你認爲金子銘有殺害父母的動機嗎？」在筆錄中，警察這麼問。

「我跟他們家不熟，但我覺得……一個選擇自殺的孩子，不像是能反殺的類型。」闞擎眞的很想翻白眼，「而且就我看到的那個現場，我很想知道是怎麼殺的！」

二樓的浴室，也是密室殺人啊。

筆錄一路做到天亮，闕擎半瞇著眼，昏昏欲睡的走出警局，臨走還得留下聯絡資料，以防隨時要再找他幫忙，但他也表明不會隨時接電話，最後把厲心棠的號碼留下當備用。

「闕擎！」

才一踏出警局門口，厲心棠即刻憂心的奔上來。

闕擎是瞬間清醒的，他看著一上來就遞咖啡的厲心棠，內心的警鐘噹噹噹響著，第一時間看向手錶。

「八點，妳這時候應該要在百鬼夜行裡睡覺或是吃早餐……就是不該在這裡。」闕擎鄭重的觀察她蒼白的臉色，「妳前天連溺兩次，昨天淋雨感冒吃藥，昨晚沒請假就算了，一下班還在這裡……凍露水……」

「我沒事啦！你別擔心我！」厲心棠還大方的拍拍他肩頭，「我還幫你買了蘿蔔糕跟飯糰，好好吃一下！」

「我沒有擔心妳，我擔心我自己啊！」闕擎擰眉拽著她離開警局前方，「妳知道除了德古拉外，你們店裡很多人都可以白天出來的嗎？妳這樣為我操勞，我真的承擔不起……」

「別跟我說五四三的，快喝點咖啡提提神！」

闕擎看著手裡的咖啡，「爲什麼給應該要回去補眠的我喝咖啡？」

「幹嘛這樣，一日之計在於晨呢！」厲心棠邊說卻不爭氣的揉著眼睛，「警察打給我時我嚇一跳，到底怎麼了？」

警方應該是想確認備用號碼才打過去，也讓她知道了他重返金家的事。

陽光很強，闕擎被照得有點暈乎乎的，兩個人最後上了輕軌，竟然回到了那條河邊的石椅上吃早餐。一路上闕擎交代昨夜的事，金氏父母的慘狀百分之百是水鬼幹的，只是他從未想過抓交替可以這～麼～有創意。

「喝下水鬼……」厲心棠邊說邊打了個寒顫，「好噁！所以水鬼在金育博的體內……」

「我只能想是灌水，試想引河水到妳體內，壓力將身體撐破，五臟六腑炸爛齊飛！那個媽媽就有全屍，只是被按臉淹死。」闕擎咬了口飯糰，「對，我在飲水機裡，看見了那個戰鬥陀螺碎片了。」

「什麼戰鬥……」厲心棠原本還在恍神，卻突然深呼吸一口氣，「哪個戰鬥陀螺!?」

她詫異又銳利的望著他，哪個？

「還能是哪個！」闕擎指指胸前，「顏色繽紛但泡水陳舊，破裂的藍底戰鬥陀螺，該只有一個人有——」

厲心棠二話不說把腿上的早餐全數朝石椅上擱，下一秒衝向河邊撿起石頭就往河裡扔，「明翰！你給我出來！」

他不會出來的，闕擎搖了搖頭。

之前他就說過，最怕的就是想起一切的亡靈。上個月他們已經歷經過陪伴亡者尋找生前足跡的歷程，當死者回想起仇恨與被殺時，怒與怨能輕易將他們化成厲鬼。

而只要沾上血，就沒有回頭路了。

河面照舊的平靜，那個每次都笑得溫和的明翰始終沒有現身，今天看過去的水鬼數量更少了……一夜無眠，闕擎覺得身子涼颼颼的，河邊河裡一堆阿飄，此地實在不宜久留。

「別叫了，我覺得他不會出來了，他根本不在這裡。」闕擎大膽的推測。

「那他會在哪裡？」厲心棠轉了回來，拿出自己手機，「你說，他就是金子霖嗎？」

他翻拍了金子霖的照片，闕擎倒沒想到她有機會偷拍，接過細細端詳，說眞的……金子霖長得不怎樣，很削瘦，眼睛很大，看上去雙眼無神，而且……

「這個人看不出天之驕子的感覺，」闕擎搖了搖頭，「他看上去一點都不快樂。」

蹙起的眉心，憂鬱的神情，跟金子銘其實有幾分氣質上的類似，看起來過得並不好啊。

「跟明翰差好遠，長得一點都不像這個金子霖，他能是嗎？」厲心棠哀傷的接過手機。

「其實我從沒看過水鬼能維持人形、還可以換衣服、跑夜店喝酒吃飯……」他覺得這才扯，「鬼有鬼的樣子，所以說不定外貌也是河妖決定的？」

「咦？說不定啊……」厲心棠頹然的坐下，「但我從小看他就是這模樣，被河妖看上的乾兒子，的確有什麼不行！」

「嗯哼。」闕擎哼了聲，再配口咖啡。

「嗯哼什麼？」她眼尾瞟著，又開始咳嗽，「咳咳……咳……」

闕擎趕緊拿起她的咖啡遞過去，就這身體能撐嗎？她等等倒下去的話，就是他要倒楣耶大姐。

「妳剛說了，河妖的乾兒子，有什麼不行！」闕擎忍不住輕拍她的背，「搞不好河妖不喜歡這個樣子！」

這個樣子，他指了指相片。

厲心棠趕忙喝了口溫熱的咖啡，質疑的看著手機裡金子霖的身影，「被河妖改變了外貌嗎？」

是啊，河妖姨喜歡清秀少年是大家都知道的事，所以她比較喜歡接待的吸血鬼，嫌德古拉過度好看了。

「我只能這麼猜，因爲他眞的太不像金子霖了……」闕擎揉揉眉心，「我不行了，我要回去睡覺。」

「咦？可是小廷他……」厲心棠憂心忡忡。

「我們不是亡者也不是妖怪，無法二十四小時顧著他！」闕擎倒是不滿了，「我昨天已經給他我平時使用的有效護身符及法器，只要他乖乖聽話在帳篷裡睡，一般鬼完全近不了身。」

唉，她當然知道！昨天闕擎給小廷那些東西時她還亂感動一把的，這傢伙就刀子口豆腐心！但問題是歷經了水鬼都能喝進身體裡這件事後，她甚至都想阻止詹冠廷喝水了啊！

「謝謝妳的早餐，我眞的撐不下去。」闕擎起了身，「兩點我去找妳。」

「嗯。」厲心棠點點頭。

她抱著咖啡再猛灌了一口，看著手機裡的金子霖照片，叔叔說過做事要精確，她必須要有證據，去證明明翰就是金子霖。

但是……他從不離身的陀螺就在現場，其實已經證實了一切……她只是不敢相信，那個溫和善良的明翰，怎麼可能這麼殘忍的殺人？還是自己的父母？

他殺了人，就不是普通的鬼了啊！

她不懂！他究竟想起了什麼？甚至不敢面對她的呼喚？

厲心棠忍不住落下淚，又氣又悲傷，不能接受一起長大的阿飄，質變成這副模樣。

她要找出爲什麼。

十年前，金子霖這個資優生，究竟是怎麼死的！

兩點半，厲心棠與闕擎約在南中，因爲她想知道金子霖當年的眞正死因，想知道意外是眞是假，更想知道讓明翰抓狂殺人的背後還發生過什麼。

闕擎廢話不多說，直接進入與教務處的人聊聊，從問到了金子霖事件到尋得當年的老師，連十分鐘都不到。

「金子霖？」男人臉色明顯一怔，「啊……是，好像是有這麼一個學生。」

「除非你教過的學生很多都溺死，不然你應該很容易想得起來。」闕擎看著演戲不自然的老師挑眉，「當年導師是你吧？」

男人正在改作業的手捏緊了作業一角，「其實這麼久了，我也不太記得了。」

對面的老師悄悄瞄了眼，厲心棠看過去時，就立即別開頭，大家都深怕對上視線似的。

「方便私下聊一下嗎？」厲心棠客氣的微笑。

「沒什麼好說的，那件事就是個……意外。」導師深吸了一口氣，「誰都不願發生那種憾事。」

「但十年後，換金子銘了。」闕擎加重了語氣，「又一個意外？貴校好容易意外溺水喔！」

一辦公室裡的老師們即刻交換眼神，竊竊私語，幾天前金子銘的事大家心知肚明，那孩子是撐不住了！

「你們是誰？記者還是什麼？」導師起了身，語帶不爽，「我得請你們離開。」

「金子銘的朋友，他的救命恩人。」厲心棠熱情介紹，指指闕擎。

他沒好氣的壓下她介紹的指頭，看著男老師詫異的眼神，同時鎖住他的雙眸，「外面談談？」

老師的眼神在瞬間渙散，這一次如此的近，連厲心棠都看出來了……哇，闕擎出手了！

只見男老師點了點頭，闕擎轉身就撞到厲心棠，他不耐煩的嘖了聲，她則賴皮的跟上。

「吳老師！」有同事低語想阻止老師，但老師卻毫無回應，跟著闕擎來到了外頭。

現在還是上課時間，教室辦公室的走廊上不會有太多人，他們來到樓梯邊的角落，這兒只有一處對外開放的空間，自然由厲心棠把風。

「金子霖是意外落水嗎？」

「不是。」被催眠的老師回答得乾脆，「應該是自殺。」

「資優生為什麼會自殺？而且那時也還不到基測。」

「他那陣子表現很差，上課也不聽課，我問他為什麼發呆，他問我人生除了唸書外有什麼意義？為什麼一定要唸第一高中？」老師用無起伏的聲調回應著，

「那次校內模擬考他全部交白卷，我找他約談時他也只是笑笑說，考試在他人生中已沒有重要性，那天他就失蹤了。」

「警方是一週後才撈到他的，爲什麼判定是意外？」

「當時橋上沒有監視器，但其實有很人看到他爬上橋，眞的是坐在欄杆上面，其中還有人停下來勸他；不過他告訴路人只是看看風景，會留意的。」老師的眼眶突然滑下淚水，「但是那天放學時，他跟我說了再見。」

「放學說再見很奇怪嗎？」厲心棠不解。

「他說再見，然後笑得很幸福，下一句是：再也不相見。」淚水持續湧出，「我沒有想過那句話的意義，我以爲他在開玩笑，然後他就沒有回來了。」

是自殺。連厲心棠都能體會到這言外之意。

「他父母親知道嗎？警方呢？」

「沒有人能百分之百確定，也不想去傷害父母的心，尤其金子霖的爸媽非常……厲害。」老師停頓後用了一個極爲體切的形容詞，「他們心目中驕傲的兒子不可能會做出自殺這種事，他是要唸第一高中的好兒子……所以最後就這樣對外說了。」

「是，畢竟也沒有證據證明他是自殺。」闕擎點了點頭，「那對父母的確也很會自欺欺人。」

「是，偵辦的警察認定是自殺，要求調查金子霖在家的狀況還被罵，金育博揚言告他，當時現場還差點打起來……」老師回憶著十年前的狀況，「沒有人想惹事生非，就連那個警察也被安撫下來，於是，金子霖就變成一個失足落水的資優生。」

闕擎嘆口氣，還眞不意外，「那他自殺那次的考試成績多少？父母知道嗎？」

「0分，他眞全交白卷，有跟他父母說，但他們當沒聽見的不承認。」老師苦笑佐以冷笑，「還反咬我，說我拿空白考卷，意圖羞辱他們驕傲的兒子，在死者身上抹汙點。」

這種行爲，誰敢再多說一句？

「我懂了！謝謝，請您回去吧！」闕擎靠在女兒牆邊，老師聽完指令後，立即旋身，無神的朝著自己辦公室走去。

所謂的資優生啊……厲心棠看著老師的背影，從他的淚水可以讀出來，這個老師其實也相當心疼金子霖吧！

「這對爸媽，眞的打算逼死自己的孩子。」厲心棠難受得很，「十年前是哥哥，十年後是弟弟，怎麼就是不願放過自己的孩子？」

「因爲都是爲孩子好！我都會背了，關心起手式不就那幾句：我是爲了你好，爲了你的將來好，所以逼你上絕路也是理所當然。」闕擎蠻不在乎的冷笑，「反正都有拖著孩子去死的母親了，我想逼孩子去死的父母也不意外了吧！」

很可憐啊……厲心棠於心不忍，「原來金子銘口中優秀的哥哥，並沒有過得如他以爲的好啊！這就難怪明翰十年來，從未想過抓交替。」

當人，太苦了嗎？

「玄關那件外套上，袖子的扣子不見了，我特地檢查過……」闕擎回想起在河裡的金子銘，他手上也曾抓著紙張，「我想他是握著那個那枚扣子跳河的，就像金子銘那天跳河時，也抓著成績單，結果……喚醒了明翰的記憶。」

那張成績單去哪兒了沒人知道，他當時只顧著救人，誰管那張破紙……儘管有人覺得那張紙格外重要，上頭代表的成績，快比他孩子的命還重要了。

成績單在河裡漂著，那些水鬼們最後撈河底的垃圾把玩，或許就這麼剛好，明翰拾到了那張成績單，看著上頭的名字、血緣的羈絆，記憶的封印瞬間就被破解了。

「唉，眞是有夠命定，兄弟都選同一條河結束性命。」厲心棠心揪著，「但明翰他……」

「我想這就是，那位明翰始終不願意抓交替的原因吧。」

厲心棠看向闞擘時，淚光閃閃，一起長大的朋友，最終還是走上了不歸路。

「我不希望……明翰變成這樣。」她還是低泣出聲，「我身爲人類的朋友不多，他是難得的……」

「呃，他不算人吧？」生前是人，但還是亡者啊。

「閉嘴啊！他就是人！」厲心棠氣呼呼的嚷嚷，「你不知道他有多好多善良……」

「好好，妳朋友最善良人最好了！重點是案子結束了，可以結算一下嗎？」闞擘只在意這個。

「不行，案子結束，但明翰沒有回河裡啊！這很奇怪，還有——」厲心棠可沒忘記，另一個水鬼。

十年前的那個媽媽，還在執著於她那個死透的七歲小孩，爲什麼還活著咧！

男人抓起飼料，開始在魚缸裡搖晃倒著，滿意的看著裡頭悠游的魚兒們，笑得很愜意。

「來，吃飯囉！」曾維源灑著魚飼料魚兒立刻聚集過來搶食，「不急，來來，這邊也有喔！」

飼料由左往右，由右往左，不讓魚兒只有一個地方吃得到。

「別餵太多啊！」妻子走了出來，「要定時定量！」

曾維源無奈的笑笑，「魚而已！而且我們這兒也不小隻，讓牠們都能吃飽吧！」

妻子搖了搖頭，老公有時愛玩，總會灑一堆！她拿著東西到廚房裡放拾，老公餵魚，她得準備餵一家大小囉！

放下飼料，老公轉向廚房，「要不要我幫忙？」

剁剁剁剁……魚缸裡氣泡突然多了起來，裡頭的魚兒驚慌失措的四處逃竄，聽見聲音的曾維源詫異回身，看見自己的魚缸全是泡泡，什麼都看不見！

「咦咦！怎麼回事……」他急的往前，是哪裡出問題了？

才開始慌亂的檢查管線，卻留意到最大的小紅不見了，還有那隻繡蝴蝶魚呢？他定神想在滿滿氣泡泡沫的水裡尋找，這麼大隻魚怎麼可能說消失就消失啦！小魚被吃就算了，問題是……

一張臉，隔著魚缸玻璃突然在他鼻尖之前。

「哇啊——」曾維源被嚇了一跳，大叫著向後，直接跌坐在地！

「怎麼啦？」妻子聞聲也焦急的小跑步走出，動靜怎麼這麼大？

只是還沒走到客廳，她就愣住了。

有個「人」在魚缸裡。

不是什麼美人魚，但可以看得出是個女人，即使身體已經腫脹腐爛，一屋子瞬間瀰漫著腐臭的氣味，女人卻忘了掩鼻掩嘴，連坐倒在地上的曾維源也都瞠目結舌。

那女人攀著魚缸邊緣，緩緩站了起來……她眞的就站在他們家的魚缸裡，身上的水與肉，一塊塊的往下剝落……

房間裡傳來奔跑聲，妻子驚恐的向右邊跑去，「不要出來，你們不要——」

根本來不及，小孩子哪可能聽話？老大帶著妹妹衝出來，也瞠目結舌的看著站在魚缸裡的女人。

『爲什麼……』女人看著孩子們，再轉向曾維源，『你還會有孩子？』

第十一章 他必須死

厲心棠與詹冠廷的父母商量，讓他請一天假，好讓他們試著解決另一隻水鬼的問題；令人慶幸的是，詹冠廷的父母沒有太多質疑，因爲孩子的崩潰他們都看在眼裡，也不相信孩子會編造這種荒誕的謊言欺騙他們，這幾天他都躲在帳篷裡睡覺，外頭掛滿護身符或是佛珠小佛像等等，昨天好不容易能洗澡了，還要跟加持過的神像共浴才能放心。

飲用水也要先用佛珠試過，甚至還在冷水壺裡倒了香灰，總之媽媽什麼都聽什麼都做，只要能讓她兒子好吃好睡，他們做什麼都願意。

「謝謝你們相信我。」厲心棠來接詹冠廷時，很感念父母的明理，「我也想快點讓他安全。」

「我孩子都這樣了，我還有什麼好不信的！」詹媽媽噙著淚，心疼的看著詹冠廷，「難道不信任自己孩子嗎？」

呃……這不好說。

厲心棠尷尬的笑著，一般孩子說因爲有鬼不想洗澡不想喝水不想上學時，絕大部分的家長會覺得那是孩子的妄想亂講，更多的是不願去上學的藉口，不挨罵不挨揍就很好了吧！

就像金子銘的父母，闕擎都明白的告訴他們，死去十年的兒子還是水鬼在河裡漂蕩，也沒人信的啊！

「我會……咳咳……咳！」厲心棠忍不住咳了起來，「抱歉！咳咳，我會盡力護他周全的！」

「拜託了！」詹媽媽深深一鞠躬，「孩子就交給妳了！」

「……我只能盡量，但我一定會盡最大的力。」厲心棠也憐惜的撫著小朋友的頭。

詹媽媽絞著衣角，送走厲心棠與孩子，她很想陪在兒子身邊，但這幾天的遭遇看下來，她覺得自己根本幫不上什麼忙！反而是那對陌生的男女，卻能幫上兒子，至少昨晚冠廷一夜好眠了！

鬼的事情她怕、也不懂，但是她相信自己的兒子，也相信有那些東西，所以她只希望一切事情能夠順利，不要再讓什麼妖魔鬼怪纏上她寶貝了！

「昨天大哥哥給我的法器包好好用，我終於可以洗澡、吃飯喝水跟睡覺了。」詹冠廷心懷感激的拉著厲心棠的手，「大哥哥會來嗎？」

「會喔，我跟他約在捷運站。」厲心棠用沙啞的聲音回著，她喉嚨好像發炎了，聲音都跟著變化。

詹冠廷掛著黑眼圈的小臉蛋兒點點頭，「那個媽媽還不放過我嗎？我能不能跟她說，我真的不是她小孩？我是媽媽的小孩！」

「可能沒有用，她不會相信的……」提及此，厲心棠懊悔不已，「我真沒想到唱完小丸子反而讓她認定你。」

「又不是只有我會唱小丸子！」詹冠廷委屈巴巴。

是啊，問題是她生氣時你會唱給她聽，這不是讓他覺得你就是她孩子了嗎！厲心棠不想嚇孩子，多餘的話就不說。

頂著張紅撲撲的臉，在捷運站裡等待闕擎的出現，這傢伙只有舊型手機又不一定會帶在身上，真的是個非常麻煩的傢伙，就算她傳訊息給他，他大爺也不會看。

帶著詹冠廷坐在椅子上，反正只要注意到有女孩子起騷動，八成就是他進站了。

「欸，你看那個！」兩個女孩竊笑著回頭，厲心棠立即挑了眉。

回頭一瞧，依然是一身黑的闕擎果然步入，今天黑得更徹底，黑T黑褲黑色耳機，佐黑髮黑鞋，唯一的亮點只有耳機上的銀色標誌了吧。

「大哥哥！」詹冠廷興奮的起身，朝闕擎的方向揮手。

闕擎懶得走過來，就站在閘門口朝他們使眼色，厲心棠勉強的站起，緩慢的走向他。

「嗨。」她以爲自己看起來稀鬆平常。

嗨？闕擎盡可能不對上背後環抱著她的多臉鬼，「妳是怎麼出門的？妳這樣子有人放妳出門？」

「我怎樣？我很好啊！」厲心棠一邊說，一邊刷卡進站。

闕擎看著她背後龐大的亡靈，那應該是數個浮遊靈的聚集體，他們巴在厲心棠背上，龐大到擠過閘門時還碎裂，碎塊拖著血泥掉了一地，又紛紛爬起來湊上前黏住。

「大哥哥。」詹冠廷搖搖他的褲管，他看見了。

「別說。」闕擎比了個噓，連忙追進站裡，「喂，厲心棠，妳回去休息吧妳！這臉色太差，是想要做什麼！」

「我哪有臉色差？我氣色好得很，紅潤的臉色啊！」

「那叫發燒。」闕擎突然手往她額上貼，「小姐，妳燒很高啊！」

「哎唷！但我生病都不會不舒服的啦！」厲心棠焦急的拉下他的手，「我很好！我還有很多事要做！處理掉那個媽媽水鬼，以及把明翰召喚出來，阻止他崩壞！」

說著，她快步朝月台走去，闕擎看著巴在她身上的浮遊靈身影，這傢伙一定是她出門後纏上的，不然這種等級的鬼豈敢在「百鬼夜行」裡造次。

「妳真的是在拿自己身體開玩笑，聽聽自己的聲音，我都認不得了！」他一掌朝她肩後一拍，厲心棠嚇得往前微傾。

「幹嘛？」她不爽的回頭，「打我打這麼用力！」

背上肥胖的大靈體瞬間四分五裂，散開竄逃，闕擎黏了個透明小貼紙在她衣服上，幸好她今天穿深藍色上衣也不明顯，只是她身體真的太弱了，隨便一隻低等的怨靈都能跟上來。

「愛逞強。」他隨口說著，「還逼我一起逞強。」

「先生，今天的事是你找我的喔！」厲心棠得了便宜還賣乖。

「小姐，是妳一直關心這小子的事喔！」有樣學樣，只是闕擎說完翻了個白眼。

曾維源打電話給章警官，說他在他家水族缸裡撞了鬼，章警官自然第一時間便打給厲心棠，但她太累了沒醒，所以得到了簡訊；醒來後她直接把簡訊發給闕擎，決定先吃早餐吃藥，不然她越睡越累。

沒幾分鐘，就接到闕擎打來的電話，約好時間地點，今天要去A市。

列車進站，離峰時間位子很空，三個人輕易能找位子坐下，厲心棠一直心煩意亂，她後來自己又跑去河邊找過一次明翰，他依舊沒有現身。

「我不懂爲什麼水鬼媽媽會在她前夫家……她跑去哪裡做什麼？」照理說，厲心棠眼尾瞟了詹冠廷一眼，「她該對這小子形影不離吧？」

看在她今天有點兒虛的情況下，他竟然不太想吐嘈她……想想她雖被鬼怪養大，但麻瓜類型對這些事也不太熟。

「我緊張就是在此，因爲媽媽水鬼執著的是孩子，她要眞對丈夫有意見，早就出手了……我憂心她是跟著我們的足跡才找到前夫的。」當他收到消息時，直覺就是這個。

跟著他們……不，嚴格說起來應該是跟著厲心棠，因爲水鬼在意的是「她的孩子」，厲心棠是阻止她再度帶孩子去死的主因，跟蹤她或詹冠廷都沒差，有機會就是帶走詹冠廷，帶不走也要先解決厲心棠。

所以，水鬼就跟著她，一起來到A市，進入了前夫家。

「針對我嗎？如果是針對我，那爲什麼要去找曾先生？」厲心棠腦子果然還是動得很快，「她可以回來找我的！」

「百鬼夜行最好她進得去！而且我們引著她去到前夫家，她看見那男人會不會又想起了什麼？」闕擎有不同的見解，「再退一萬步說，當年她自殺原因不明，也沒人知道他們夫妻眞正吵架的原因，如果有內情……」

「她可能恨著前夫，所以一旦想起一切，就不一定會放過前夫了。」厲心棠心領神會，頭開始疼了起來，「那個前夫已經結婚了，家裡還有——三個孩子！」

她立刻想到那三個小小孩。

「不急，孩子歲數不對！其次，章警官說報警的是曾維源本人對吧？表示他還能活著報警。」闕擎對此態度保留，「等等我去瞭解，妳跟詹冠廷留在警局吧。」

一女一小圓睜雙眼，「爲什麼？」

「那個女人就在曾維源家的話，帶詹冠廷去不是自找麻煩嗎！」闕擎忍著不耐煩。

「就是因爲有可能會見到，我才想帶詹冠廷去的，事情總要解決，難道逃避一輩子嗎？」厲心棠持完全不同的觀點，「我希望藉由前夫的口中，告訴那個女人，詹冠廷不是他們孩子！」

有效嗎？闕擎無法一口否定，因爲這的確不失爲一個辦法，從前夫口中可以得知，那個水鬼女人認得他，還質問他爲什麼會有孩子，表示她記得曾先生是誰。

在認得丈夫的前提下，應該沒有人比他說的話公信力更強了。

「這是個風險，如果她依舊認定小子是她孩子的話……」闕擎深吸了一口氣，「那就糟糕了！」

「她會不信她丈夫的話嗎？」厲心棠被說得有點緊張，小朋友跟著嚥了口口水。

「我不知道。」闕擎實話實說，他眞的不清楚。

這是場賭，如果厲心棠賭得對，事情能就此了結，找到了明翰生前的身分與悲摧的人生，也能阻止那天同步被喚醒的母親水鬼，一舉兩得……他要跟「百鬼夜行」多要十次權利的。

「小子，你不錯呢！」闕擎瞅著詹冠廷似笑非笑，「你一個人溺水，同時讓兩個水鬼暴走，不簡單！」

嗚……詹冠廷用可憐兮兮的眼神看著他，大哥哥是開玩笑的吧，他才不要這種厲害！

「那個……飲水機裡的大哥哥也會在嗎？」他小小聲的問。

「不會！」闕擎飛快的接口，他現在覺得那個媽媽水鬼已經很棘手了，可別再多一個！

「幹嘛這樣，我可希望明翰在！」厲心棠倒是不高興的唸著，「我要親自問他，還希望召回他的意識！」

她意識到有孩子在場，不好再說下去。

「河裡的那些……少了好多。」詹冠廷踢著兩隻小腿，「岸邊樹下的也是，那邊最近沒那麼可怕了。」

闕擎聽上去一點兒都沒有比較開心，「最近是什麼時候的事，我們也沒認識幾天。」

「就……昨天經過時，我很害怕可是還是有偷看，覺得少掉好多那、個，好多好多。」詹冠廷劃了一個大圈圈。

厲心棠打量著闕擎，他臉色怎麼變這麼難看，「不好嗎？」

「水鬼只有抓交替才能離開，這兩天河裡沒溺死的人吧？」闕擎心中暗叫不好，「一般這種狀況就是有個強大的傢伙，把其他無害或是沒什麼力量的鬼都吸走了，類似併吞的概念。」

「啊……這我知道，我以前去某個瀑布玩過，在瀑布邊的山壁上，看見一個巨型人臉，上面是由無數亡靈組成。」厲心棠印象很深，因爲那是連她都能看得見的東西。

「對，主要的怨靈有執念或是有怨言，他就能併吞其他的亡者壯大自己，弱小的亡者一般無法反抗。」闞擎凝重的思考那條河，「這小子看得比我清楚許多，如果水鬼一夕之間大量減少——」

是明翰吃了他們嗎？厲心棠瞪圓了雙眼，依舊不想相信。

「鬼吃鬼要變強嗎？」詹冠廷歪了頭，的確問了重點，「然後呢？」

然後呢？闞擎完全不敢去想這件事，那個河妖的乾兒子原本就擁有比一般人強大的能力，既能利用水殘殺父母，那麼他也可以利用水去……對付所有讓他不滿的人。

當年除了父母逼迫外，老師有沒有份？同學有意無意間是否說過什麼？上次那個鬼大姐一點點爭執都可以把同事活活煮熟了，他不敢去想金子霖生前遇過的事。

總之，他的工作是找到「明翰」生前的事，現在保護這小子是額外奉送。

因爲，他很能明白那種慌亂。

車子終於抵達A市，他們再度從捷運站換共享腳踏車過去，闞擎拒絕載小子，因此由厲心棠載著詹冠廷前往曾家；抵達他們家樓下，厲心棠用手機聯繫後數分鐘，一家五口才臉色蒼白的從另一頭跑來。

「我們哪敢待在家裡啊！」曾維源說話都在抖，「她在我們家啊！」

「她是水鬼，有水的地方她就可以存在，不會只在你家。」厲心棠非常客氣的更正，「她應該是跟著……你的。」

曾維源臉色更加蒼白了，張大嘴說不出一個字，他完全不知道該怎麼反應。

「沒關係，我們先上去吧。」闕擎催促著，一心只想速戰速決。

「妳帶著孩子先到別的地方吧！」曾維源回頭向妻子交代，「那上面有危險……」

結果餘音未落，門才開，老大居然一馬當先的衝了上去。

「阿慶！」妻子嚇到了，但她手上抱著沉睡中的老么，怎樣都跑不快。

曾維源不顧一切的跟著往上跑，孩子們剛剛都看見那腐爛中的女人，怎麼不怕呢？但孩子卻嚷嚷著要回去，還先跑進了電梯裡，留下大人錯愕的等下一班電梯！

「阿慶你在做什麼！不可以！」終於來到家門口時，曾維源拉過了孩子，「跟媽媽去便利商店！」

「我不要！」老大異常堅定，「大哥哥在裡面！」

……這下換厲心棠背脊發涼了，她幽幽的看向闕擎，他正在做著深呼吸，臉色絕對不比他人好看。

還有一個大、哥、哥啊……

「請問……」厲心棠連笑都勉強了，「你們家還有……」

妻子都快哭了，疾速搖頭，「阿慶就是老大了，哪來的……大哥哥啊！阿慶！」

「有啊！」結果跟在後頭的老二妹妹答了腔，「有個大哥哥在廁所裡喔！」

滴答……滴——答，闕擎彷彿聽到了滴水聲，那天在曾家時傳出來的聲音，妻子還以爲他沒鎖好水龍頭，但是他根本沒使用洗手間！他是去看看有什麼線索跟偷拍照片的！

那天，就有東西跟過來了嗎？

「開門！」厲心棠也驚覺到不對，焦急拜託曾維源立即開門。

眞的是明知山有虎，偏向虎山行，曾維源覺得這種狀況才千萬不能回家對吧！可是這對年輕男女怎麼這麼急啊！

看著他抖到開不了門，厲心棠說了句讓我來，主動接過鑰匙打開門，她簡直是迫不及待的衝進去的！

「明翰！」連鞋都沒脫，厲心棠一馬當先衝進客廳裡，「明翰！你出來！」

她瞥了一眼死氣沉沉的魚缸，裡頭現在一隻魚都沒有，而且水裡渾濁異常，滿是泥沙懸浮，但她沒心思留心這麼多，穿過客廳看見前方無阻隔的明亮廚房，向左拐進走廊，左轉進來後右手第一間木製門推開，就是廁所了！

唰——「明翰！」

明亮的浴室裡空無一人，但是厲心棠卻感受到冰冷與複雜的情緒相融，這裡有太多的想法，而且不屬於……人……

「唔……」她打著寒顫，一個接一個，雖然她不能輕易看見亡靈，但她沒有錯過浴缸裡那續著的水。

滴……答……水龍頭，緩緩的落下一滴水。

闕擎要曾家人全部在門口待命，不要深入屋子裡，當然還有詹冠廷，讓他跟曾家人在一起擠好擠滿。

「可是大哥哥……」阿慶還想往前，被曾維源急忙拉回。

闕擎看不見魚缸，只看到一團混濁，他謹慎的朝廁所走去，沒有聽見任何聲音就算是好消息；果然瞧見厲心棠站在廁所門口，但神情痛苦，扣著門緣的手指頭不住發抖。

「喂！」他立即上前，拽過了她，「這裡有什麼嗎？」

「悲傷……忿怒、憂心、難受……有人在哭……」厲心棠咬著牙，「還有狂喜……」

闕擎扶著她往客廳走過來，臨行前瞥了浴室一眼，隨手拉上了門。

「這是精神分裂嗎？這樣之前遇到的鬼大姐還可愛多了，情緒只有一種，暴怒。」半摟著厲心棠的闕擎感受到她超高的體溫，這傢伙居然還敢說沒關係？

「哥哥！」才走到客廳，詹冠廷突然尖叫起來，轉過頭埋進妻子的身邊。

餘音未落，魚缸裡連一點兒鋪陳都沒有，如浪花湧起似的激起水花，接著那個女人就從裡頭竄出來了！

『我的孩子！』媽媽水鬼果然向著詹冠廷伸出手，『到媽媽身邊來！』

誰？妻子緊緊護著所有孩子們，曾維源也擋在前面，「這些是我的孩子，跟妳沒關係！不是妳的孩子！」

厲心棠看得很真切了，就是那個水鬼媽媽，她當即甩下闕擎，小心翼翼的上前。

「這位媽媽，許美悠！妳在找……他對不對？」她指向了角落，「小廷，稍微探出頭一下。」

嗚，詹冠廷回過頭，人爛掉很可怕耶，「為什麼？」

「曾先生，你前妻誤認這個孩子是你們當年的幼子，現在執意拖他去死。」闕擎穩健的步伐走向大門處，「我們需要你跟她澄清。」

什麼？曾維源發著抖，回頭再多看了一眼詹冠廷，這是在說什麼啊？

「他不是小品啊！他不是！根本不一樣！」他正首看向水鬼，「妳這是在做什麼，小品已經死了，妳也已經死了，十年了啊！美悠！」

『他必須死……他一定得死！』許美悠露出一抹狡詐的笑，『我要把孩子都帶走，我要你後悔一輩子！』

「妳已經帶走了！」曾維源想往左邊的神桌去，但這樣他得越過魚缸前面，他不敢！「當年妳把所有孩子都殺了！」

『不……小品沒有！』許美悠朝著詹冠廷笑著……如果那能算笑，『媽媽找不到你，你怎麼可以離開媽媽呢！』

她伸出的手上，有著那長長的紅色繩子，她就是不明白，她明明把每個孩子都綁得牢牢的，為什麼會分散？

老大年紀大了，他知道掙扎，但是綁在一起就誰也離不開誰了是吧？

厲心棠鼓起勇氣，筆直衝過去拿了神桌上的照片，大膽的向著許美悠，「妳看清楚，這才是妳孩子！」

「十年前你帶著我們的三個孩子，用繩子綁著一起跳進了河裡，妳殺了他們！包括妳肚子那個！」曾維源激動的吼著，「而這個……這孩子是誰我根本都不認識！」

『他不見了！我綁著的……但是他沒在我身邊，他在水裡掙扎著，本來在一起的……』

「那是因爲繩子鬆了，妳口中的小品兩天後才被找到，而且距離妳相當的遠。」闕擎補充著，上前大膽的扣著詹冠廷肩膀，讓他稍微接近魚缸，「這個是兩週前失足落水的男孩，他叫詹冠廷，妳看見在水裡掙扎的人是他，不是妳的小品。」

不是……小品？

厲心棠見狀回到詹冠廷身邊，把照片擱在他旁邊。

說眞的，連一點點相似都沒有，根本不可能認錯……曾維源看在心裡，恐懼與忿怒油然而生，當年妻子的自殺奪去他四個孩子的性命，現在居然還認不出他們的孩子！

魚缸裡的水鬼沉靜下來了，那雙白淨的眼珠子轉著，像是在相片與詹冠廷臉上游移。

「如果……我有你這種母親，我也不會想跟你在一起。」突然地，一直不出聲的曾太太幽幽開口，「妳怎麼可以這麼殘忍，一口氣殺掉所有孩子？」

曾維源嚇得回頭，他那個溫柔的妻子，怎麼突然說話了？

『是他不要這個孩子！』許美悠二話不說，伸手戳進自己腐爛的肚子，唰地抓出一個勉強具雛型的黑色肉塊，『既然不要，我就一個孩子都不留給他！』

咦？

曾維源意識到自己突然得到了答案，十年來的謎底，竟在不經意間就這麼揭開了。

「就因爲……這樣？」他腦門彷彿遭受重擊，「因爲我們捉襟見肘、入不敷出，妳明知道養一個孩子多吃力……我只是說討論討論！」

『所以，每個孩子都必須死！』許美悠把肉塊再塞回自己的肚子裡，『你不配擁有孩子。』

「對，你們的事我們不管！」闕擎打斷了他們，「但這個孩子，不是妳的孩子。」

許美悠歪著頭，面向了詹冠廷，他嚇得雙腳拼命打顫，淚水不停湧出。

「他不是小品，小品在十年前已經死了，我送的他！」曾維源緊握雙拳，

「他已經火化，就在靈骨塔裡！」

許美悠搖頭，再搖了搖頭……『所以是你的兒子嗎？』

曾維源怔了一下，這個小子他不認識，所以不算是！但他現在護在身後的，才是他的孩子啊！

「不是，他跟妳、或曾維源一點關係都沒有。」厲心棠喉頭緊窒，「妳是水鬼，請回到河裡去。」

一道水直接唰啦地從魚缸裡湧出，瞬間變成雙腳，這水鬼居然跨出了魚缸！

『你不配擁有任何一個孩子！』

許美悠竟直接衝向曾維源，厲心棠則抓住自己隨身攜帶的自動傘，衝上前在水鬼面前打開——啪！

傘面一開，立即把許美悠打碎成無數水珠水花。

「哇呀！哇呀——」曾維源總算反應過來，立即推著妻子出門。

許美悠剛剛不是衝著他，是想傷害他現在的孩子們！

「走！」闕擎立即將詹冠廷往門口推去，最好全部離開這裡！「厲心棠！去護著小子！」

眼看著水珠疾速匯集，這種有水就能做怪的水鬼也太可怕了！他從未想過，水鬼能這麼致命！

厲心棠聞言趕緊跟著衝離，一家人踉踉蹌蹌的喊著叫著，但是早濺上門邊的水珠們不知何時已匯集成一隻手，抓住了曾維源老大的腳——拖了回來！

「哇啊！」阿慶磅的仆倒在地，曾維源來不及抓住他，眼睜睜看著他被拖回去。

「阿慶！」妻子果然尖叫，回身要救！

厲心棠第一時間也回身，但闕擘卻衝向魚缸，因爲許美悠半身成形，已經直接要把阿慶壓回魚缸裡了！

「都出去！離開這裡！」闕擘衝著外頭吼著，「走！」

厲心棠知道他是在對她說話……她只好一邊推開妻子，再扯著詹冠廷的小手臂，不由分說的往外奔去！

屋裡的闕擘在魚缸邊截住了男孩的身體，從魚缸裡再度成形的水鬼毫不客氣的與他展開搶奪，就要把阿慶拖進魚缸……或是河底裡吧！因爲許美悠只剩那顆頭在魚缸底了，其他身體沉在了底下！

『他不配擁有孩子！誰都不行！』許美悠怒吼，接著一道水化爲尖刃，直接朝闕擘的眼睛刺來！

拋物線美妙的從闕擘閃開的縫隙中掉落，但他想到那些水珠顆顆都有機會變成如針般的尖刺物穿過他的身體，不禁就渾身發毛。

回頭的曾維源也抱住哭喊著的兒子，闞擎終於有機會攀住魚缸邊緣，直起身伸手入水，扣住許美悠的頭。

「妳──簡直有病！」他喊著，一雙眼望進許美悠那腐爛身體上最明顯的眼珠裡……

但是她卻啪噠的整個人再度消失在魚缸的水裡，因此力道一鬆，曾維源抱著兒子向後踉蹌！

可惡！時間根本不夠！闞擎感到無比氣餒，只要對上眼，他就可以讓她再也不會爲此瘋狂！

低咒著回頭，瞥了眼躺在地上的父子倆一眼……爲什麼突然放手了？他大驚失色，是去追厲心棠了嗎？

才回身，他攀著魚缸的手瞬間被冰冷包裹。

闞擎全身打了個哆嗦，他不必回頭都知道……水鬼又來了──一股拉力將他朝魚缸裡拖撞，整隻水鬼倏地從魚缸裡站起，扯著闞擎就要把他整個人拉進去！

「大哥哥！」

妹妹稚嫩的童音突然傳來，闞擎簡直都傻了，是沒人聽得懂人話嗎？離開這裡啊——可說時遲那時快，一股森森戾氣，如刀刃般駭人的殺氣騰騰而來！

一抹鮮紅的水從浴缸裡竄起，自浴室木門細縫鑽出，直接朝著客廳裡的魚缸殺來！

『嘎——滾！關你什麼事！』只聽見許美悠的怒吼聲，裡頭帶著恐懼，接著她鬆開了手。

闕擎重心不穩，跟著摔落地面，不敢遲疑的翻身而起，看著那道如血般豔紅的「水」整道竄進了魚缸中。

他明白了！剛剛厲心棠說的生氣、忿怒、狂喜都沒有錯，那不是精神分裂，而是這裡不只一個水鬼！

門外的曾姓一家人總算下樓，跌跌撞撞的逃出門，頂樓僅剩闕擎一人，他看著魚缸裡的波濤洶湧，紅色與渾濁的水混合，但是水量並沒有絲毫增加……他們到了哪裡去？

「明翰？」闕擎嘗試著叫喚。

一室寂靜，只有滿地的水窪，夾帶著泥沙碎石，還有紅色的水、也有清澈的……

闕擎小心翼翼的挪步出門，這每一步都走得戰戰兢兢，因爲魚缸靠門口啊，現在裡面未曾平靜，更別說這一地的水。

他甚至還可以聽見，浴室裡的水花聲。

閃身衝出大樓外時，管理員滿臉錯愕，他看著對面站著發抖的曾家人，還有一旁嚇得半死的厲心棠，她也緊緊抱著詹冠廷。

「沒事……你沒事……」厲心棠這才鬆一口氣，「天哪——」

厲心棠突然釋放壓力的尖叫著，這件事有完沒完啊！許美悠就算理解到詹冠廷不是她孩子，但是她現在目標卻變成不讓她前夫擁有任何一個孩子了！

「你們當初眞的沒問題嗎？」厲心棠忍不住質問曾維源，「她是眞切的恨你耶！恨到都不想讓你有孩子！」

「我沒有！沒有！我們日子過得不好怎麼養？我只提出考慮打掉她肚子裡那一個而已！」曾維源也激動辯解，「是她偏執，就因爲肚子裡那個，她卻要我連一個孩子都不剩……她把、她把大家都帶走了！」

想起那三個孩子的死於非命，前妻攜子自殺的理由他反而更不能承受，痛苦的哭了起來。

說不定，許美悠很單純就是偏激而已，好聽就是憂鬱或躁鬱，但講白點就是精神有病，才會做出如此殘忍的事。

闕擎才準備過小巷馬路到對面，厲心棠背後的大門裡冷不防地倒出來一大堆水！

「咦?」詹冠廷看見門縫底下流出一大堆的水，下意識舉腳愣了幾秒。對面鄰居像是在沖洗什麼，水大量大量的湧出，在厲心棠與詹冠廷腳下形成了一片水……窪……

厲心棠心中警鐘噹噹作響，她第一時間的看向闕擎，眼裡盈滿了恐懼。

「離——」闕擎才張開嘴而已……詹冠廷突地一歪，厲心棠跟著踉蹌，他們腳下的地面成了無底洞似的，眼前的兩個人，瞬間沉入了腳下的水窪中。

唰!

「咦——」目睹一切的曾維源瞠目結舌，那女生跟小孩子怎麼會掉下去?妻子正護著孩子不明所以，才剛跨出一步的闕擎完全僵在了原地——他們被帶走了，被水鬼拖進了……該死!

闕擎一回身，再度坐電梯衝回了曾家!

曾家已趨平靜的客聽，魚缸裡不再有所震動，現在裡面乾淨得如同原本的水池模樣，那紅色或是帶泥沙的水已不復在，連客廳裡剛剛一地的紅水或各式泥沙水都不存在，唯一剩下的，是數滴清澈的水痕。

都走了，全跟著水流去了哪裡？

闕擎忙不迭地朝左邊走廊衝去，二話不說推開了浴室的門，那浴缸裡的水，已經蓄滿溢出，在整個浴缸裡盪著。

「我一定要多要幾次權利！」闕擎咬著牙，把耳機跟身上多餘的東西拿下，擱上馬桶水箱上蓋。

忍著冰冷踩進浴缸裡，做足心理準備，張大嘴深深吸了一口氣——有雙手驀地自水裡竄出，拉住了闕擎的雙腳，唰地便拖了進去！

「先生？」曾維源鼓起勇氣走進屋裡，「先生？」

他聽見了水流聲，來到浴室門口朝裡張望。

浴室裡並沒有任何人，除了水箱蓋的黑色耳機與手機外，只剩下搖晃激烈的浴缸水……嘩……嘩啦嘩然，水劇烈的來回晃盪，直到不再溢出浴缸。

是說……他們家的浴缸，什麼時候續的水呢？

第十二章
母愛

來不及吸氣的詹冠廷痛苦的在水裡掙扎著，一隻手拽著他的腳踝往下沉，孩子根本掙不開這種力道；身邊的厲心棠也一道被朝下拖，她在最後一秒是有吸飽氣，但這種慌亂的情況下，根本撐不久。她很快會變成過度換氣，水會進入她氣管引發刺激反應，然後她會嘔吐嗆咳……直至她什麼空氣都吸不到。

冰冷的水包圍著他們，從那柏油路上拖進了水裡，水裡先是一片明亮，然後漸漸的暗去……厲心棠努力的踢著腳想往上游，她彷彿聽見了喇叭聲，睜眼向上瞧，覺得自己看見了熟悉的那座橋。

他們果然被拉回條河裡來的，畢竟都是這條河的水鬼嘛！

『不要怕，媽媽在這裡……』拉著詹冠廷的水鬼溫柔的說著，手上的紅繩跟著漂動，『跟媽媽走……』

走個頭啦！厲心棠伸長手拉住詹冠廷，試圖帶著他往上去，河水變得更暗了，他們落得更沉……附近沒有見到其他的水鬼，也沒有明翰……

叔叔，亞姐……德古拉……或是……

嘩——一股重力跳進了水裡，許美悠立刻朝左方看去，一抹黑色身影疾速朝這裡游來，她驀地鬆開厲心棠，打算專心的拖帶詹冠廷往下沉！

帶走小品後，她要再回去帶走曾維源的孩子，他那種不愛孩子的人，這輩子都不配擁有孩子的！一個都不行！

水鬼鬆手，厲心棠的確開始往上漂浮，但是她幾乎已經失去了空氣，再沒有氣力游動了！闕擎由後攬住她的腰際往後拖，發現她即將失去意識，急忙的將她往上帶……瞥了眼下方越來越遠的小子，很遺憾他一次只能救一個。

孰輕孰重非常分明，不救厲心棠得罪的是一整間夜店的妖魔鬼怪，他沒有那麼多條命去扛！

只是才往上一點兒，一道水流直捲而來，在他們身邊分成極細小的水流，硬生生從厲心棠的戒指底下竄過，刻意鬆動著戒指！闕擎看著這景象，僅僅遲疑一秒，即刻將厲心棠手上的銀色戒指拔出。

「然後呢？」捏在手指間的闕擎問著，「總不會叫我召喚百鬼夜行裡的——」

餘音未落，再一股強勁水流正面迎來，將那枚戒指沖走，離開了闕擎的手指間！

糟糕！闕擎抱著厲心棠回身要去撿，只見那落下的戒指突然流淌過絲絲銀光，接著一股氣體以戒指為圓心擠出，瞬間將附近的水全數排開，包括那些試圖接近的水鬼們！

「哈——」闕擎瞬間吸到了空氣，懷裡本來很輕鬆靠著的厲心棠登時往下掉，他嚇得趕緊抱住她！

他們像在一個圓形氣球裡，失去水的浮力，厲心棠變得頗重！

「喂！」他不客氣的使勁拍著厲心棠的背，「妳清醒一點！」

還沒陣亡的厲心棠立即吐出一大堆水，跟著跌到了球體的地面，虛脫難受的她拼命咳著，而一旁的闕擎不假思索的再深吸一口氣後，竄出了那圓形球體外，直接殺向了詹冠廷。

方才戒指爆出的力量也在瞬間擊退了許美悠，所以詹冠廷正隨水流亂漂，闕擎抓住孩子往上拖時，那許美悠不死心的再度疾速而上，逼得闕擎將詹冠廷朝戒指的防護罩裡扔去。趴著的厲心棠看著水下的一切，知道自己沒有時間休息，能呼吸後也逼迫自己吸飽氣，原地往下潛入，即時拉住了詹冠廷漂上來的小手，千鈞一髮之際拽進了球體裡！

『你不懂！他必須死啊！』許美悠激動的咆哮。

「想死就自己去死。」闕擎睨著許美悠，「必須死的說不定只有妳！」

『不對，他們都必須死！每一個！』許美悠瞪向闕擎，怒不可遏的改抓住他的腳，筆直往下拖。

都是這些人妨礙她帶走孩子們，她殺自己的孩子，需要誰的允許嗎？

但她不知道，闞擎就等現在！

他雙目鎖著許美悠，一路任她往下拖扯，四目相交，死死鎖著，許美悠從激動與忿怒，那雙眼開始呈現了恐懼……恐慌……不，等等……她顫抖的鬆開腐手，開始感受到撕心裂肺的痛處。

『不不——不要——』水鬼驚恐的開始撫著自己的身體，像是在保護什麼似的，狂亂的在水裡掙扎，『啊啊啊——啊啊——』

解開束縛的闞擎，帶著笑輕易的回到了戒指形成的保護罩裡。

「怎麼？」渾身都滴水的闞擎趕緊來到詹冠廷身邊，厲心棠正在努力做CPR。

闞擎即刻接手，在第三輪時，小男孩終於吐出一大口水，恢復了呼吸，還有驚人的嚎啕大哭！

「沒事！沒事！姐姐在這裡……」厲心棠虛脫的抱著大哭的詹冠廷，癱坐在這防護罩裡。

闞擎至此也才鬆一口氣，坐上了地。

「妳的叔叔，可給了妳一個好東西啊！」闞擎望著浮在球體中間的戒指，「妳有沒有看過說明書啊？善用它啊！」

厲心棠說不出話來，她現在好累好累……都快動不了了。

哪有什麼說明書？那時就只是送她一枚正點的戒指而已啊！

他們就在河裡，世界是一片深藍色，位置應該很深了，所以沒多少光線射入，闕擎朝球體外望著，有些水鬼戰戰兢兢的在遠處觀望，但沒人敢靠近。

「……那個……媽媽……」詹冠廷開始嗚咽。

「她暫時沒空上來了。」闕擎往深不可測的下方望去，「但終究是要把這個水鬼解決掉的。」

忽地，有個東西直接衝向闕擎，他下意識的後退想閃避，但那個物品就只是到了球體外戛然止步，然後隨著水流開展……漂流……

厲心棠詫異看著那張漂動的紙，「……金子銘的成績單？」

那張寫著四十九分的成績單上，赫見金子銘的名字！闕擎也想起，當日救金子銘時，他手上的確握著那張紙！

這是……闕擎緩緩站起來，感受著他們四周像是有漩渦似的，不知道是水流繞著球體轉，還是球體在水中打轉。

「厲心棠！」

「我看見……了……」厲心棠勉強跪坐起身，看著在外頭漂流的物品、水鬼……甚至是……屍體。

成績單漂向的遠方，就是落水後的金子銘，闞擎甚至看見自己的身影跳入水中，努力游向金子銘，接著又一股水流打來，眼前殘影化成泡沫，從泡沫裡生出的，是一個還蠻清秀的女人，有個與媽媽水鬼一樣的髮色，身邊坐著幾個孩子，正在爲他們繫上紅色繩子。

「媽媽，我們要做什麼？」最大的孩子問著，他身上手上都被綁上紅繩子了。

「我們等等要玩水。」女人微笑著，正在爲最小的孩子繫繩子。

「我不要我不要！」小孩子扭著身子拒絕，「媽媽我要去玩！」

「媽媽就是要帶你們去玩啊！」媽媽邊說著邊綁，「不要亂動！小品！」

啊啊，是許美悠！十年前在河邊的光景！

他們就站在橋墩下，因著小孩的掙扎，她把剩下多餘的繩子全綁在么子身上，從左肩頭繞到右腋下，再繞到大腿間，緊緊纏妥。

「那爲什麼要綁在一起啊？」老二也不明所以的問了。

許美悠沒說話，她用一種得意的姿態望著遠方，然後在自己腳上綁了一袋沙土，沙袋先擱在地面上，還不至於拖她入河。

「媽媽！」老大最快明白，「妳要自殺嗎？」

許美悠撫上了老大的臉龐，給了個讚許的表情，「跟媽媽一起走好嗎？」

孩子恐懼的搖著頭，「我不要！我才不要死！媽媽妳爲什麼要自殺？」

「死？我也不要死！」懂事的老二開始驚慌失措，急著要拆掉綁在身上手上的紅繩。

「你們都不愛媽媽了嗎？」許美悠厲聲的阻止他們的動作，「不喜歡跟媽媽在一起？」

「爲什麼要死？」老大逼問著，「是因爲妳跟爸爸吵架嗎？」

「因爲你們爸爸不要小孩！是他們不要你們的，媽媽不能放你們在這裡受苦！」許美悠哭喊出聲，「他不配擁有孩子！」

老大皺了眉，他不明白！「爸爸是說，不要肚子裡的弟弟或妹妹，沒有說不要我們啊！」

「都一樣！」許美悠驀地咆哮，「他如果不要這個孩子，他就一個孩子都別想要了！」

「我不要——」老大哭了起來，尖吼著。

但許美悠只是將腳邊的沙袋踢進了水裡，沉重的袋子眨眼間就把她扯進河水當中。

她這麼一沉，綁在一起的孩子們，再不得已，也只能一併的被拽進了河裡。

「哇啊——」繩子在他們身上扯動，三個孩子再不想死，也只能死！

只有許美悠用一種勝利的笑容朝河底沉去，其他孩子痛苦地掙扎哭喊，手被扯好痛好痛，不能呼吸的他們被水嗆得抽搐，但也只能往死裡去。

「好痛！噗嚕……」最小的孩子最最痛苦，他身上纏了太多繩子，被母親還有兩個哥哥拖下去的力道又大，小小的身體難以承受，跨來綁去的繩子割裂了他的身體！

孩子激烈掙扎，紅繩子都在他腋下跨下割出鮮血，許美悠最後的繩子還收在小品的頸子上，下面三個人的重量全扯著繩子，勒得他無法呼吸！

太痛！眞的太痛了！孩子哇哇大哭，水全數灌進了他的肺裡！

「住手！住手——」厲心棠看著那個小小的身體痛到全身顫抖，任誰看了都於心難忍啊！

闕擎看到的倒不是那麼回事，「那女人跟綁粽子一樣綁她兒子，但那個老么最後是怎麼掙開的？」

當年發現遺體的位置，距離母親跟哥哥們很遠啊！而且還差了兩天才發現。

還在思考這個答案，一枚金色物品漂過闕擎與厲心棠眼前，他們詫異的發現那是枚金色的扣子，扣子漂動到了小品的身邊，撞進了他的左手，垂死掙扎的他，啪的握住了那枚扣子！

咦？厲心棠震驚的看著這一幕，來不及回神，溺斃的母子四人漸漸成泡沫般被沖散，只剩下紅色的繩子還在水裡漂流，還有那枚扣子也依舊跟著紊亂的水流四處漂動。

在更上方，他們看見了那熟悉的橋邊護欄上，坐著一個少年。

他就坐在欄杆上，遠眺著遠方，附近有人停下來關切，他笑著說會注意安全，只是想登高望遠；他有一張削瘦但不快樂的臉龐，戴著副眼鏡，前額很高有些微凸，看著夕陽的微笑裡帶著一種淒苦。

然後他緩緩張開一直緊握著的右拳，裡面就躺著一枚金色扣子。

他突然劃上一抹幸福的笑容，接著毫不猶豫的縱身跳下！

右手裡始終緊握著那枚金色扣子，直到斷氣爲止後，那扣子才隨著水流離開……少年的屍體胡亂漂移，跟從旁漂來小品屍體曾有交會，厲心棠緊張的看著從眼前漂過的小孩屍體，那小品身上處處是割痕，可身上紅繩不在，隨著水流漂向更遠的地方。

闞擎看見漂過的孩子身上，勾著破碎的玩具。

水鬼們湧上，爭先恐後的想拖過小品，但一股力量衝來，驅散了尖吼的水鬼們，像是護住了小品的屍身，闕擎看著外頭那過往時空的情景，是河妖出現了吧？空氣球開始變小，壓縮了闕擎他們所在的空間，看來河裡有人催促他們該走了。

「效期到了嗎？」他立刻走向詹冠廷，「小子，會游泳嗎？我們要游上去了喔！」

「我不要！」小小的孩子驚恐哭了起來，「那個媽媽會來抓我！她會把我淹死！」

「不會，有我們在，你在我們中間！」闕擎將詹冠廷護著，朝厲心棠看了眼。

她是吃力的扶著球體壁站起的，點點頭，來到詹冠廷的右手邊，將男孩護在中間。隨著球體越來越壓縮，到了無法容納一個人的高度時，他們同時吸飽氣，即刻向上游去。厲心棠游向戒指，中指輕巧的套上。

『我的孩子！』下方傳來許美悠的嘶吼聲，但這不是最棘手的，而是四面八方，突地湧來了一堆水鬼！

可不是每個人都能讓你們抓交替的！闕擎扣住厲心棠的手並將她往上推，加速他們浮上水面的動力，一邊使用自己平時戴著的護身符，抵擋急著想抓交替的水鬼們。

許美悠恢復比他想像的快太多了，這位媽媽真的對孩子非常非常執著！闕擎往下看著即將殺回的許美悠，他是很樂意再跟她四目相交一次——可說時遲那時快，駭人的殺氣登時傳來，厲心棠嚇得打哆嗦，她驚恐的往右後方望去，抱住詹冠廷，加速往上游去。

血紅色的水流衝至，衝到他們面前時拆成數道，一道往下攻擊許美悠，其他則上前撕扯其餘水鬼，闕擎追上厲心棠的同時，又感受到一股水流層層裹著他們，甚至自腳底幫助他們往上游去！

終於，眼前越來越亮，闕擎竄出了水面！

「哈——哈！」他一湧出水面，即刻拽著厲心棠跟小子往岸邊去！

剛剛還在曾家，現在果然回到河裡了！

那股清澈水流未曾鬆懈，真的還推著他們往岸邊走，的的確確省了他們不少力！但就水鬼的習性，只要他們沾著一滴水，水鬼隨時都能再把他們往水裡拖回！

他們必須快點上岸，離這條河越遠越好！

河裡倒是腥風血雨，慘叫聲此起彼落，小男孩驚恐的回頭，他可以清楚的看見有水鬼浮出水面的掙扎，旋即被撕裂開後拉走、甚至吞噬！

「水鬼在殺水鬼！」詹冠廷哭喊出聲，「阿強——」

「都泥菩薩過江了，還有空擔心別人？」闕擎推著他們終於逼近岸邊，至少腳都能踩到地了！

厲心棠全身發抖，「明翰……在吞噬其他水鬼嗎？」

「妳快上岸！」闕擎推著她，「妳的生死我可擔待不起！」

突然間，詹冠廷又向下被拖走，「哇——」

闕擎即刻扣住男孩，厲心棠也趕緊回身抱住詹冠廷，那水下的拉力依然使勁將男孩往下拖。

「到底是在執著什麼？」厲心棠忍無可忍的咆哮，「世界上最不值得擁有孩子的是妳這個母親！」

她用意志力撐著虛弱的身體，潛入水裡，拿右手的銀戒試圖朝許美悠的手按去。

那裹著他們的那股水流更快，直接衝開了許美悠，同時也將厲心棠往上頂，她突然像飛起來似的，直接撲上了岸！

闕擎意識到有助力，反應極快的扣著詹冠廷的身體，朝岸邊推上，大家剛離開水面又累又虛，水又浸濕衣服，重得讓他們難以俐落行動，但把這小子先推滾上岸還是行的！

「上去！用滾的也給我滾離水邊！」他不客氣的推著詹冠廷的屁股，「用滾的！」

哭喊著的詹冠廷聞言，恐懼之餘踉蹌仆地，他嚇得毫無氣力，聽話得眞的不管身下石頭多扎人，一路朝著厲心棠的方向滾去！

闞擎也狼狽的爬上，但他不急，他多希望許美悠也來抓他，這一次他不會這麼輕易的放過她，這一次……

唰……水鬼自水裡竄出，闞擎看見了許美悠竟渾身是傷？已經被厲鬼所傷了嗎？但是她一雙眼卻鎖著滾上陸地的詹冠廷，一步步朝著他走去。

『孩子，媽媽……必須要……帶你走……』許美悠像是在哭，哽咽的朝著詹冠廷伸手，『不要怕，跟著媽媽……』

「十年前，你就已經帶我走了。」

聲音，是來自許美悠的身後。

闞擎正面對著河水的方向，看著河裡噗嚕嚕的水花湧現，終於自裡頭冒出了人影。

岸上的厲心棠已經癱軟得難以動彈，她撐著身體朝詹冠廷伸出手，將孩子護在自己身邊，右手勉強撐著土地，看向那噁爛的水鬼，還有自河裡緩步走上的身影。

她睜大了眼，失聲而笑。

許美悠止了步，她靈體損傷嚴重，還是幽幽回頭，看著朝他走來的清秀少年。

「妳不記得我了嗎？」一身雪花綠色的T恤，明翰還是那樣的眉清目秀，

「媽媽。」

是了。闕擎難受的吐著水，十年前，明翰就是穿著這身衣服被拖下水的吧？

許美悠看著眼前的少年困惑不已，明翰甚至走到了闕擎身邊，朝他伸出手。

『我的孩子是……』許美悠搖著頭，她的小品才七歲！

闕擎主動伸手讓明翰拉起，繞開水鬼踉蹌的朝厲心棠那兒走去，他們離水還太近，必須再遠一點。

「明翰……」厲心棠仰頭看著他，遠遠的打招呼，「嗨。」

「明翰是左手掌心上有扣子印痕，不是右手。」他粗魯的抓著厲心棠的雙手，直接往後拖。

「啊啊啊……」厲心棠想起來了，「他們死亡沒差幾天。」

跳河的少年握在右手的扣子在河裡漂動，跑進了痛苦掙扎求生的小品手裡，因爲死得實在太痛苦，握在手裡的扣子印痕才會烙在了掌心裡，直到他斷氣；繫在手上的玩具正是戰鬥陀螺，也在河中屍體被撞得亂七八糟時撞破。

而金子霖，根本不在意什麼第一高中，握著扣子跳河，但旋即便鬆了手。

明翰來到許美悠面前，帶著抹苦笑，掌心裡有水幻化出破碎的戰鬥陀螺模樣，「我沒辦法決定我的模樣，但是……這個。」

破碎的戰鬥陀螺映在許美悠面前，她質疑著，看三百遍她都不會說這是他的小品！

河裡再度襲來殺氣，厲心棠嚇得抓住闕擘的衣服，「厲鬼！」

紅色的龐大身影驀地從河裡竄出，那是個巨大的人形，至少三百公分以上的身高，龐然大物，全身血紅，朝著許美悠與明翰撲去。

明翰一個箭步站到許美悠面前，血紅的水鬼厲鬼還沒觸及他一根寒毛，身後河水立成漩渦，直接把厲鬼拖進。

漩渦拖走厲鬼後，冒出一個小小的女孩，看上去不過三、四歲，天真爛漫，悠哉的站在水面上。

闕擘倒抽一口氣，他見過那個女孩。忍不住手指微顫，幾天前他還買過一袋雞蛋糕給那個女孩！

女孩踩著水面走來，小手一揮，湧上了水頓時覆蓋住明翰，當水自他上澆淋而下時，明翰就成了……一個只有七歲模樣的孩子了。

「我的錯，他是按照我喜好化成的年紀。」女孩來到水面交界處，瞪著漩渦裡的厲鬼。

被扶著坐起的厲心棠終於鬆了一口氣，「河妖姨！」總算現身了！姨？老妖婆？闕擎覺得頭痛，這種可愛的小蘿莉模樣跟稱謂也差太遠了吧？

明翰恢復成那小小孩子的模樣，還是相當乾淨，並沒有那被紅繩子割開肉體的殘酷死狀，可至少能讓許美悠認得，眼前的男孩才是她的小品！

『啊啊……』許美悠蹲下身，看著眼前的男孩，『小品……』

天哪！詹冠廷聽見簡直要哭出來了！這下子他不再是那個水鬼媽媽的小孩了對吧？

又是水流繞過，許美悠腐爛的身體恢復到生前的模樣，回到跳河那天的衣著，欣喜若狂的看著明翰。

『媽媽一直沒找到你，我以爲……你不見了！』許美悠感動的捧著明翰的小臉蛋，『你要知道，媽媽多心慌，因爲……』

「我爲什麼必須要死？」明翰望著許美悠，眼底卻是冰冷，「爲什麼非殺掉我哥哥們不可？」

許美悠顫了一下手，『不是，媽媽只是帶你……玩水，對，我們只是玩水！』

她擠出慈母的笑容，總之是找到了！她覺得內心放下了大石，幸好她的孩子們，全部都死了！

幸好……她想到了曾維源，那男人怎麼有資格再擁有孩子呢？

她的情緒與想法，準確的傳達到厲心棠身上……

「我的天！妳還想殺掉曾維源的三個孩子！」她忍不住尖叫出聲。

「對，所以我一直在曾家阻止她！就怕她認為我父親不該擁有孩子！」明翰早已看穿了，「妳連當母親的資格都沒有，妳生下我們，不代表有權利決定我的生死！」

『不，是你不懂……是你爸爸不要你們的！』許美悠激動的拉著明翰，『他該承受這個報應！』

明翰冷冷的望著她，抽回自己的手，接著回頭看向站在水面上的小女孩，泛起了淡淡笑容。

「我的媽媽是她，只有她待我好。」明翰看著女孩，堅定的點點頭，「請不要擔心我，我不會走的。」

小女孩緊皺著眉，流露的擔憂在瞬間消失，跟著露出鬆口氣的笑容。

但許美悠冷不防地拽過明翰就往水裡走，『走，我帶你去找其他人……那些弟弟妹妹……』

還想著殺父親的孩子？明翰使勁的要甩開手，許美悠卻忽地回眸，面露猙獰的回以咆哮，真不愧是超過抓交替數量的水鬼，她已經往厲鬼的道路上前進了！

「誰許妳碰我的孩子——」小女孩突然右手一收，腳下的漩渦瞬間失去箝制，「她就送給你！」

什麼？許美悠還來不及反應，水裡那血紅的水鬼剎時篡出，巨大的頭顱一大口咬下了許美悠的頭，像大魚咬住魚餌般，再縱身往河底拖去！

明翰震驚的看著水裡的殺氣，緊張的往前追去，「愛車男！愛車男——」

什麼東西？闕擎瞄向厲心棠，她也聽不懂啊，別問她！

「乾媽！」明翰立即轉向乾媽，走沒兩步，就回復到了少年姿態，「他不是故意的，他只是想救他弟弟——」

咦？闕擎一顫身子，誰？

「他殺生嗜血，已經太殘暴了。」女孩聳了聳肩，「來不及了。」

「可是……」明翰悲傷的看著河裡，「他只是不想讓他弟弟，走上跟他一樣的路而已……」

那個厲鬼是……金子霖！

殺掉金氏夫妻的是他們的親生兒子金子霖，從來不是明翰！對，剛剛他們在河底的回憶已經知道，金子霖從來就不是明翰，他只是後一天被自殺時，剛好握到那枚扣子而已。

扣子的主人選擇了鬆手，卻到了無辜孩子的手上。

「交給百鬼夜行吧！」厲心棠啞著聲開口，「明翰，如果那個嗜血的水鬼還有人性，請他跟百鬼夜行聯繫，叔叔他們可以幫他跟地獄溝通的。」

明翰轉向乾媽請求同意，女孩點點頭後，朝明翰伸出手。

他擔心的看向闕擎，要他快點叫救護車，棠棠看起來不太對勁，接著便握住了河妖之手，重新回到河裡。

闕擎其實還有個問題想問河妖，但現在實在力不從心。

怎麼叫？他手機也放在曾維源家。

唉，看著風平浪靜的河面，他終於一屁股坐下來，全身虛脫無力，搓了搓跟前小孩子的頭，人說孩子最有氣力了，這小子體力應該最好吧！

「喂，派你去找路人求救。」闕擎推著詹冠廷，「就說這邊有人落水了，需要幫忙叫救護車！」

詹冠廷驚魂未定的轉過頭，「可是……哇！大姐姐！」

這驚恐一叫，反而讓闞擎一愣，他趕緊回頭，哪還見剛坐著的厲心棠啊？他身邊躺著一個不醒人事外加全身高熱的傢伙，狀況奇差無比！

「快點去叫救命！」闞擎大喝一聲，小孩子果然即刻跳起，朝著上方慢跑步道奔去。

「喂！厲心棠！妳可別出事啊！」闞擎不客氣的打著她的臉頰，「要不然就換我喊救命了！」

按下按扭後，飲料匡啷匡啷的落了下來，帶著點滴架的闞擎並沒有立刻去拿，他向左看向走廊遠方的一個男人，沒記錯的話，他已經連續兩天都看見那傢伙了。

彎身拾起買到的飲料，他推著點滴架在走廊上緩緩走動，對方見他逼近，假裝拿起手機講電話，進入了樓梯間。

這情況也不意外，那天進警局做筆錄時，他就有心理準備了。

到了病房外，叩門兩聲後，急促的腳步聲前來開門，女人一看見他，激動的只差沒上前抱住他。

「小哥，眞的謝謝你！」

病床邊，詹冠廷的父親感激涕零，闕擎看著在病床上已活蹦亂跳的小朋友，多少有點欣慰感。

「隨手之勞而已。」闕擎強調著是隨手。

「厲小姐還好嗎？我想去看她，但是……」詹媽媽面有難色，「醫生說她不接受探視。」

「她沒事，只是因爲嚴重肺炎，怕她再被感染，還是隔離的好。」闕擎淡淡說著，而且怕你們進去會被嚇死。

天曉得厲心棠病房裡面是些什麼啊！這幾天半夜整條走廊全是驚恐的魍魎鬼魅，個個畢恭畢敬排隊朝厲心棠病房去，簡直是去拜碼頭的。

「所以……小廷他……」媽媽戰戰兢兢的問著，「沒事了？」

「對，以後都沒事了。」闕擎肯定的說著，「至少對方放手了。」

聞言，父母大大鬆了一口氣，媽媽都要哭出來了。

「媽媽我沒事！」詹冠廷體貼的說著，「眞的！」

母親喜極而泣的點點頭，寵溺的撫著孩子的頭。

「我想跟詹冠廷私下談談，方便嗎？就五分鐘。」闕擎提出了要求，「或者你們可以去樓下買個冰給他吃？」

「耶！我要吃巧克力的！」詹冠廷立即開口。

「不行，醫生說你還不能吃冰！在水裡太久了！」父親笑著婉拒，「小哥需要什麼嗎……」

「我真不必！」他搖搖手中的飲料，父親略顯尷尬，真的嚴重的人還在喝冷飲啊。

等房門一關上，闕擎立即回頭看向卡在廁所門口那瘦骨嶙峋的亡者，他一臉虎視眈眈的瞪著詹冠廷。

「你應該是沒事了吧？我看你適應得很好。」闕擎把椅子拉近床邊。

「我完全沒事了！只是大姐姐發燒！」詹冠廷還在擔心厲心棠，是個好孩子，「那天那個媽媽被吃掉了嗎？」

「嗯，被更厲害的水鬼吃掉了。」闕擎點點頭，「那種媽媽被吃掉只是剛好而已。」

「她到底愛不愛她小孩呢？」小男孩用清澈的雙眼問著他，「好像好愛好愛，但是卻愛到想殺死他？」

闕擎不屑的冷笑，「她只愛她自己。」

只是爲了報復丈夫，讓丈夫後悔提出要她打掉孩子，不惜把已長大的孩子們全數殺死，這能算愛嗎？

「但是她十年都沒事，卻因爲我溺水想起了孩子……我在想，她可能還是很在意小孩吧？」詹冠廷試探的問。

「對，她在意孩子沒殺死，沒殺徹底，不能讓丈夫心痛。」闞擎實在不太想跟小孩提起這位邪惡的母親，「那是殘忍的例子，你只要知道你的媽媽很愛你就好了。」

詹冠廷似懂非懂的點點頭。

一個男孩的溺水掙扎，同時讓兩個人甦醒，一個是歷經死前痛苦的明翰，他想起的是自己，另一個是許美悠，想起了自己么子。

其實牽扯到的是同一件事。

明翰曾提過死前痛苦，那是因爲當年他遺體被發現時，身上有許多割開的傷痕，正因爲身體太小，承受不住重力與掙扎，許美悠在他身上綁的包裝繩活活割開他的肉體，讓他在死前忍受巨大的痛苦。

明翰救詹冠廷也不是偶然，因爲他想起了片段自己死前的回憶。

片段，這是他現在最想問的，爲什麼明翰的回憶這麼難喚回？他又是何時記起的？

「那個，你現在不怕了？」闕擎暗指浴室門口的亡靈，「你比我適應得要快耶！」

「咦？」詹冠廷越過他往後頭看，「什麼？那個……那邊有那個嗎？」

闕擎微怔，若有所思，「你多久沒看見了？」

這個問題讓小孩子愣住了，他想了好久，轉著眼珠子，還不安的環顧室內，他這才發現……好像從那天進醫院後就沒有再看過了！

「我不……我不記得了，好像都沒看見了。」詹冠廷自己都詫異極了。

這是在醫院，塞滿亡靈的地方，他甚至懷疑現在廁所那個就是之前在這間病房的死者，才會瞪著詹冠廷的病床看。

闕擎莞爾一笑，換句話說，在水裡的九死一生讓小子看得見，但事情一結束，他卻看不見了。

因此陰陽眼只是一時的嗎？或是因爲水鬼們的原因，才間接導致他瞧得見？

「那也好。」闕擎突然起身，坐到了床邊，「還是平凡的人生比較好！看不見就好了！」

「可是……現在有那、個在嗎？」詹冠廷還是不安的左顧右盼。

闕擎露出難得的淺笑，輕輕握住了詹冠廷的手，「看著我，小子。」

「嗯！」詹冠廷仰起小腦袋瓜兒，看著這個好好看的大哥……哥……

詹冠廷的眼神突然渙散開，瞳仁裡只倒映著闕擎的臉，他認真的凝視著小子，接著詹冠廷眼皮一沉，向後倒上了枕頭。

他微笑的撫摸著小臉蛋，放心，醒來後你什麼都不會記得了！不記得曾看過亡者、不記得水鬼的一切，也不會記得他或是厲心棠。

爲詹冠廷蓋好被，闕擎在門口等待著他父母的歸來，最後在他們進入病房後也做了最後的催眠。其實最好都不要跟他扯上關係比較好。離開詹冠廷的病房時，他緩緩關上門，他爸媽一時半會兒還緩不過來的……冷不防再往右瞥去，立即就能捕捉到剛剛那男子的存在，果然是爲他而來的。

沒關係，他們盡可以詢問詹冠廷他們關於他的事，反正不會有人記得。

再推著點滴架，他要前往厲心棠的病房，「掌上明珠」就是不一樣，她住的可是高級VIP病房。

「闕大哥！」

身後突然傳來戰戰兢兢的叫聲，微弱且緊張，闕擎不由得挺直了背。

幽幽回眸，是那個有點害羞、有點怯懦，但至少自由的，金子銘。

第十三章 水鬼們

兩個男子一同走到醫院外頭的花園去，因爲室內會讓金子銘不舒服，歷經父母慘案後，他發現自己似乎有心理創傷後遺症，待在封閉的地方便會喘不過氣。

「聽說你出事了，我當然要過來看看。」金子銘很有禮貌。

「謝謝，不是什麼大事。」他敷衍著。

「是我哥嗎？」金子銘一雙眼閃閃發光，「因爲你們說我哥哥……水鬼……」

「沒事了，事情已經解決了。」闕擎面不改色的說著謊，「你哥已經抓交替後離開了。」

「他抓的是我爸媽嗎？」金子銘不傻，意圖追根究底。

驗屍報告何等離奇，他不會不知道，爸的血液裡混了水？這太詭異了，而且人怎麼會炸開，這是種什麼概念？

「我認爲你只要好好的用自己的方式活下去，活得好就好了。」闕擎不說太多，「有些事知道太多沒有幫助，於事無補。」

「我印象中的哥哥很好，雖然當時我很小，但我覺得我們應該都是寧願傷害自己，也不願傷害別人的人。」金子銘沉下臉色，「所以我才會選擇跳河自殺，我甚至已經擬好接下來的計畫，只是想要……自由。」

「嗯哼，自由的實現有很多種方式，多思考一下會有不同答案。」

但金子霖這一招，也讓弟弟自由了啊！最快的方式就是解決製造問題的人嘛！

喚醒金子霖的並不是小子，而是跳河的弟弟，他看見了熟悉的南中制服，拿到了那張成績單，瞧見上面的名字，那瞬間就什麼都想起來了！

他看見跳河的弟弟必定十分震驚，多麼似曾相識啊！他絕對沒有想到事隔十年，父母不但沒有放過弟弟，還變本加厲的逼迫弟弟走上跟他一樣的路——自己當年的自殺並沒有換得弟弟的自由，反而讓他更加痛苦。

所以金子霖醒了，也起了殺意。

「我不想我父母死的！哥哥不該殺了爸媽！」金子銘哽咽出聲，「如果是爲了我，那我豈不是成了間接的殺手，我——」

「我從沒說過殺死你爸媽的是金子霖吧？」闕擎打斷了他的激動。

咦？金子銘一怔，淚眼汪汪的抬頭，「可是你不是說……哥哥成了水鬼……」

「是，你哥在水裡死的當然是水鬼，但一般水鬼不會記得自己生前的事。」闕擎四兩撥千金，「總之是別的水鬼幹的……瞧，證物裡是不是有個戰鬥陀螺？你哥的嗎？」

金子銘愣住了，搖了搖頭，「我哥……沒有……」

「那就對囉！」闕擎擠出一個難看的笑意，「不屬於人類的事情，你就別想太多了，就當你父母招惹到了不該惹的東西，而你終究得走下去……有什麼打算嗎？」

金子銘低垂下頭，淚水還是拼命的往地上滴，闕擎得做好幾個深呼吸才能忍住不耐煩。

「還想死嗎？」闕擎再問。

金子銘用力搖了頭，「我要唸……設計相關的科系，我必須要重學、重唸。」

「那就是轉學了，在那個資優高中應該沒有可以支持你興趣的班級分類。」

「對，我要轉學，重唸二年級。」金子銘抹了抹淚，「我會搬離原本的地方，先住到學校去……有阿姨會幫我。」

「那就好。」闕擎拍了拍他，「好好過下去，才是對逝者最大的安慰。」

金子銘聞言又是淚如雨下，闕擎只能怪自己又說錯話了。

不過對於這個才十五歲的孩子而言，這打擊自是巨大，更別說他親眼看見了慘死的父親，所以他勉強願意多騰點耐心。

好不容易等他哭完了，他才吸吸鼻子，然後拿出手機想跟闕擎交換聯絡方式。

「我沒有手機。」闕擎乾脆的說，「而且我們以後也不要再聯絡比較好。」

「……爲什麼？」金子銘相當錯愕。

「我只是你人生的過客，偶然間碰到的，沒有深交的必要，現在的你最好是擺脫過去的一切，重新開始。」闕擎起了身，「金子銘，向前看。」

向前……他還愣著，闕擎已經越過他身邊，往醫院裡走了進去。

「闕大哥，等等！」結果金子銘還是追上，「你有……跟我哥哥說過話嗎？」

闕擎搖了搖頭。

「如果、如果你有看見他，可以幫我傳話嗎？」金子銘囁嚅的說著。

不想。

但闕擎最終點了點頭，「我不保證我能看得見他。」

「沒關係，就只是……我希望他下一世，可以過得幸福。」金子銘認眞的絞著雙手，「可以再當兄弟，我想要……有個哥哥陪我一起長大。」

闕擎微微一笑，擺擺手代表收到了，轉身走進醫院裡。

但那是不可能的啊，金子霖已經是個厲鬼了，已交託給「百鬼夜行」處理，再如何，他也是只能往地獄去的命。

才進入醫院西側，他立即又朝左看到那男人身影了，莞爾一笑，跟他跟得可眞緊……穩當的皮鞋聲自右方傳來，闕擎連頭都不必回，泛起了微笑。

「經理。」低下頭，果然在右方地面看見了黑鞋黑褲，還有在地上沙沙移動的蛇尾。

拉彌亞站得筆直，在外人眼裡，只看見一個馬尾女人，她的馬尾還長到拖地了呢！

「我幫你辦妥出院手續，跟我們回去吧！」

「不必，謝謝，我有我自己的家可以回。」闕擎婉拒。

「我剛剛那不是問句。」拉彌亞冷冷一笑，「你得跟我們回百鬼夜行。」

……唉。

不至於一個肺炎就要他的命對吧？

闕擎沒有在傍晚時分來到「百鬼夜行」過，因爲這眞的是很差的時間，連德古拉都醒了，每一隻鬼個個生龍活虎，連亡者都變得極度清晰；從側門一進來，就被狼人「熱切歡迎」，他整隻龐大的身軀卡在走廊上，血紅著雙眼瞪著他，血盆大口露出尖牙，一副要吞掉他的模樣。

當然是拉彌亞護著，他才得以沒有少塊肉的走到二樓。

「嘿！你來啦！」

二樓一條長沙發上半躺著厲心棠，她正開心的吃著蛋糕呢！

「她不休息可以嗎？」闕擎轉頭看向拉彌亞，「她不是肺炎？」

「已經控制住了，燒也退了，所以想吃東西。」話裡是滿滿無奈，邊問邊看見闕擎的手指著茶几上的可樂，「雪姬！棠棠不能喝冰的！」

雪姬趕緊上前，把飲料撤掉，厲心棠還一副惋惜的模樣。

「肺炎，小姐。」闕擎才不敢相信的挨在她腳邊坐下，「我不覺得她好了，貿然出院是不對的。」

「基本沒有大礙才讓她出院的，爾後我們會處理。」口調極有禮貌，卻帶著忿怒的男人聲音由樓下傳來，跟著走上端著托盤的德古拉。

闕擎沒有這麼正式的跟「清醒」的德古拉見面說話，之前看見他時，他都是一副累到快掛點的模樣，急著躺棺材。

銀色托盤上擱了一隻酒，是黑與灰的漸層調酒，好整以暇的放在他面前。

「下毒了嗎？」他轉過去時，恰與德古拉四目相交。

他雙眸閃出紅光，瞬間別開了頭，紅唇突地咧嘴而笑，尖牙緩緩伸長，「很有意思的小子啊！」

「德古拉。」拉彌亞站在二樓中間，打量著整間裡的妖怪們，「誰都不許輕舉妄動，闕擎是客人，我們沒有怪罪你的意思。」

「她自己溺水跟淋雨的，我不是保母，本來就跟我無關。」闕擎倒也不想演，「但我有叫她休息，你們應該也知道，你們的棠、棠……」

他轉向半躺在沙發上的厲心棠，同時一屋子妖魔鬼怪也帶著責備與心疼的瞪過去。

「哎呀！別這樣啦！」厲心棠連忙將被子拉起來遮住臉，「你幹嘛夥同他們怪我！」

「因爲妳不珍惜自己的身體啊！」闕擎覺得本來就該罵，「不休息硬撐，還用成藥壓制，怪誰？」

厲心棠降下被子一角拼命朝闕擎使眼色，他不要一直哪壺不開提哪壺啦！

「你呢？身體都沒事嗎？」拉彌亞問向闕擎，「感覺是比棠棠好多了。」

「我沒這麼弱，我睡眠充足而且……我不是目標？」闕擎挑了眉，「她被水鬼抓交替兩次，命也眞夠硬的！」

「哼……」一屋子突然殺氣騰騰，所有妖魔鬼怪雙眼都閃著紅光，「想動我們棠棠……」

呃，話是這樣說啦！但大夜班出事那天，也是沒人在她旁邊，多虧了那位同事！

厲心棠沒好氣的咬著蛋糕，還從桌上遞了一盤給闕擎，他就只是看著，沒有要吃的意思。

「我爲你特調的酒，不適合配甜點。」德古拉就倚在他正對面的牆上，雙手交叉胸前的凝視著他。

闕擎暗暗深吸了一口氣，望著眼前混濁的酒，想起了曾家的魚缸。

「德古拉爲你調的耶……」厲心棠被子裡的腳悄悄踢了踢他，那是一種暗示，最好喝下去的暗示。

闕擎有種被惡勢力逼迫的感覺，他並不想取用這裡的食物，這裡……

「德古拉不會害你，那也是爲了你身體健康調的。」拉彌亞看出他的疑慮，「在百鬼夜行裡，不能進行獵殺。」

闕擎第一時間挑高了懷疑的眉，回頭看向了卡在門口的龐然大物，他到現在還覺得殺氣騰騰，有種他一離開這間店，就會被狼人撕碎的感覺。

「小狼！你不要一直瞪他啦，跟他沒關係！」厲心棠即刻起身，越過闕擎頭頂往後嚷，「要是沒有他，我早就死了！」

「他敢不保護——」狼人才想咆哮，雪姬不知何時到他身邊，瞬間凍住了他的嘴。

少說兩句！她用冰霜的眸子警告他。

小狼……闕擎每次都得忍住笑意，那個凶殘又渾身腥味的狼人，也就厲心棠這傢伙可以「小狼小狼」的叫，這違和感未免也太重了！

「對你沒壞處的。」厲心棠再次推了推他的身體，這次暗示得非常明顯。

可惡！闕擎完全不敢往前看，區區人類，終究還是弱勢的啊！而且現在一屋子氣氛彷彿是——他不喝，事情便不會結束！

嘆口氣，他最終勉爲其難的拿起來喝了一口……唔，調酒不如想像的嗆，但瞬間暖了四肢，味道非常深沉，還帶有一種木頭香氣，通體舒暢。

咦？他不經意的看向前方，德古拉劃上了滿意的微笑。

「你耳機拿回來了？」厲心棠留意到他又戴上耳機了，「你有時間去曾家？」

「曾維源拿來給我的。」闕擎有些無奈，「應該是章警官告訴他們，關於我們都住院的事。」

「喔，那他們……」厲心棠試探性的眨眨眼，她眞的是住院後再也沒跟外界接觸。

「沒事了，家裡重新整理乾淨……我想，前妻也沒有辦法再去騷擾他們了吧？」這句話，他是看著拉彌亞問的。

或者是，問著拉彌亞身後的巨型魚缸。

美麗的藍色魚缸裡，冒出了清秀少年，明翰今天又換了一件黑白條紋的衣服，闕擎還是要多說一句，這位是水鬼界的媽豆嗎？

「放心，她的靈體被撕裂，絕大部分都被車子……就那個水鬼吸收了。」

「你是說金子霖吧。」提起這個人，厲心棠有些感嘆，「這麼痛苦的死去，最後卻又走上這條路。」

明翰也是苦笑，「對他來說，想不到別條路吧！他只能選擇守護一個人，他的弟弟。」

「他的確是金子銘自殺才醒來的吧？你叫他愛車男是因爲？」

「我們認識很久了，事實上好像我在河裡誕生後他就存在，原來他只比我早死一天。」明翰說得像是社會上提起母校學長學弟時的口吻，「他喜歡仰頭聽車聲，最愛待在橋墩下，也是個從不抓交替的水鬼。」

「因爲潛意識裡覺得當人太痛苦了，畢竟他在高壓下活了十五年。」闕擎完全理解，「還握著扣子自殺，心裡是不甘還是嘲笑？」

從不抓交替，就因爲不想再生而爲人，所以寧可一輩子當水鬼，也不願離開……金子銘希望再成兄弟的願望，只怕要失望了。

「這我不得而知了！我只知道那個學生跳河自殺後，他就抓狂了！事實上我救起那個小朋友後，河裡就有了變化，我一直在留意，直到他抓狂……」明翰溫柔的望著厲心棠，「我知道有水鬼在針對孩子跟棠棠，也知道發狂的金……子霖！我想保護每個人分了身，力量卻小了！」

「你一直都跟著我們嗎？」厲心棠可錯愕了，「那我叫你你還不理我！害我以爲你就是金子霖！」

「那時我不能走啊！妳呼喚我的時候，我已經跟著你們找到我生父，我當時都想起來了，但我必須阻止我朋友、也要阻止我媽……阻止那女人！」明翰滿是歉意，「我眞的眞的分身乏術，我一旦回到河裡，我在另外兩處就會失去力量！」

厲心棠嘆息中也有點愧疚，她一度認爲明翰就是金子霖，她好像也太不瞭解明翰了。

「你何時想起來的？」

「跟著你們到曾家時，看見我爸跟神桌時就想起來了，我在神桌那兒看見自己的照片，便記起自己是怎麼死的。」明翰一抹苦笑，「所以我很快知道爲什麼我那個母親認錯了人，因爲我乾媽將我化成了十幾歲的模樣。」

「照理說，孩子化成灰，母親都會認得的吧。」雪姬冷冷的開口，森森寒氣迸發，「那是什麼樣的父母，我們心知肚明。」

明翰只是淒苦一笑，雪姬說的他都懂，但不想再多做評斷了。

「我發現她的殺意，也知道她違規不停的抓交替，卻把交替送給別人，最後目標是我當初救下的小男孩！我很怕她不放過男孩、不放過棠棠，也不放過我爸跟他……全新的家。」明翰極其沉痛，「但同時我也發現了我朋友的質變，他恨意加劇，不斷監視著他生前的家，殺氣只增不減。」

他不是沒有試著阻止，但金子霖已經發狂，他說他看見弟弟跪在地上用狗碗吃飯，因爲他考得太差卻去自殺、因爲他是個不折不扣的失敗者！

自殺完後的虛弱與心死父母也不在乎，就是用更難聽的話逼弟弟唸書，甚至打算延後就寢時間、提早起床時間，更打算加重每日課業；金子霖發現弟弟被救回當晚就帶著刀片進浴室，是他趁其不備用水把刀片打進馬桶裡的，否則弟弟當晚就會試著再死一次。

那瞬間他便明白，再這樣下去，弟弟會拼盡全力走上跟他一樣的路。

只有把惡之源頭切斷，才能阻止一切。

「你的戰鬥陀螺，留在飲水機裡。」闕擎提起那個讓大家誤解的證據，現在還在警方那邊。

「我趕到時已經來不及，他的父親喝了水，我朋友便在他父親的肚子裡引來大批河水，用水將他父親的身體炸開。」明翰當時只能在飲水機裡看著，「我接著立即順著水想去救他母親，結果嗜了血的他力量更大，我完全打不過，還被壓回下水道裡。」

「因爲他殺意堅決，他知道他的父母親不死，就是他弟弟死。」厲心棠理解這樣的情況，「恨意不是現在才萌芽，而是從他生前開始的累積，至今一併爆發罷了。」

「我連何時落下了我的戰鬥陀螺都沒留意，後來我知道警察拿走，我也不必太快取回了。」明翰有幾分遺憾，畢竟是陪他一起死的信物啊，「而且那時我發現我生母找到我生父的家了，我眞的嚇死，我得護著小孩們。」

「只怕她也是尾隨我們的吧！」闕擎實在覺得煩躁，「她到底在執著什麼？自殺跟殺死孩子的理由差勁至極，接著又要殺死無血緣的孩子？」

「有啊，跟曾先生有血緣啊！」提起許美悠，厲心棠的白眼翻不完，「她眞的病很重！當初叫她考慮要不要生，就可以奪走五條命，然後呢？十年了，曾先生還不是無事一身輕的再娶、再生，過著快樂還富足的日子！她自殺加殺人誰在乎？」

值得嗎？她很想問，許美悠根本是在幫助前夫製造一個沒有負擔的新人生耶！

「她若考慮這麼多，就不會做那些事了。」闕擘不予置評，「反正那蠢女人現在的下場也挺不錯的，被厲鬼吞噬，靈體也被撕散。」

活該。

明翰不知道該怎麼表達情感，對於生母他的記憶不深，最深的便是被迫自殺的那天的痛楚，掙扎哭喊與疼痛，還有媽媽對著他笑的最後畫面……眞的令人毛骨悚然——他無法理解，爲什麼媽媽要殺死他時，還要微笑？

死後被河妖收編成乾兒子，以十四、五歲的姿態成爲水鬼，母親就不認得了，甚至沒有一丁點發現長大後模樣的感動。

一心一意只惦記著，他到底有沒有死透。

「你如果眞的長大，就是這副模樣嗎？」闕擘提出了心底的疑問，「我從一開始就想，爲什麼鬼可以改變模樣？厲心棠還跟我說你會長高，每次出場衣服都不同又乾乾淨淨，你看看其他水鬼的姿態，就因爲你有河妖乾媽？」

明翰一陣錯愕，厲心棠打了他一下，怎麼說話的？什麼語氣？

但德古拉與拉彌亞卻暗暗交換眼神，幾個妖怪默默摸摸鼻子，大家神情都有點古怪。

「我的確有受到乾媽庇蔭……」

「她爲什麼不讓你成爲七歲？想閃避什麼嗎？而且如果這些都能改，她是不是也能封印你的記憶？」闕擎這次是看向德古拉的，「會不會打從一開始，河妖就不希望明翰想起來他就是曾小品？」

「咦？」厲心棠詫異的看向其他妖怪們，「是這樣嗎？所以明翰想起得這麼慢？詹冠廷的溺水才間接喚醒？」

連明翰也都圓睜雙眼，不可思議。

「多喝幾口吧你！」德古拉催促著闕擎喝酒，轉過頭溫柔的看向明翰，「明翰，你乾媽是爲了你好，不想讓你記起死前的痛，跟被親生母親殺死的事實。」

明翰瞠目結舌，「所以乾媽——」

「她是愛子心切。」拉彌亞也回過了身，「你別怪她。」

「那爲什麼要讓我接這個委託？」厲心棠才莫名其妙，「不讓我碰，不就沒事了嗎？」

「事情有這麼容易嗎？而且她也沒想到明翰會直接找妳啊！」拉彌亞他們當初也相當頭疼，但若刻意阻撓不是更明顯！老大更交代過不要干預人類的事啊！

嗯……闕擎忖疑半天，其實他還有個疑問。

他將調酒一飲而盡，說眞的這杯酒很厲害，他現在覺得精神與身體在短時間內恢復了大半，難道厲心棠也是這樣才能這麼快出院的嗎？

將空酒杯遙向德古拉，頷了首，代表一種感謝。

「好了，水鬼的恩怨情仇我不管，我現在只知道事情解決了，明翰也知道了自己的身世，所以案子結束了。」闕擎專注在自己的目標，「我這次冒死救了厲心棠幾次，我想多要求十次BONUS。」

「可以可以啦！」厲心棠立即幫忙說情，「他眞的每次都跳下水來救我！」

「而且那天在我父親家時，也是闕擎先發現我也在的，他跑到浴缸去，讓我拖走他，才能及時趕到棠棠身邊。」明翰也跟著幫腔，「那時他可急了！」

厲心棠有點小感動的看向闕擎，臉上堆滿甜甜的笑。

「不必這樣看我……」闕擎一掌罩住她的臉，「妳要是出事了，我能活著嗎？」另一隻手，非常不客氣的一一指著現場的妖魔鬼怪。

尤其身後面濃厚呼吸那個渾身長毛的仁兄，脾氣眞的很差。

「你嚇他做什麼？他不是負責保護棠棠的，你這麼有本事你去保護啊！」德古拉矛頭突然轉向狼人，「自己功力差還敢在那邊怪別人，他只是人類，能應付水鬼已經很厲害了！」

「但是他就不該讓棠棠受傷！」狼人沉重的踱步走來，「我當然可以保護棠棠！開什麼玩笑，我是狼人！」

「什麼時候？月圓？還是外面看見小動物時？被狗吠時？嗅到血腥味時？」德古拉不懷好意的勾起嘴角，「或是，遇到小貓時？」

「吼――」狼人忿怒的咆哮，拉彌亞的蛇尾，沒好氣的再度把他們隔開。

頭眞痛。

闕擎將契約本取出，上面眞的已自動顯現了：「二十五點」。

闕擎滿意的劃上微笑，又瞬間停住――「拜託，有道德一點，不要一口氣幾百隻鬼來纏我，逼我一口氣用完次數。」

拉彌亞閃避眼神，拿起點心回身遞給明翰，雪姬把自己凍在角落，像是與世界隔絕似的。

就德古拉聳了聳肩，「妖怪其實沒什麼道德可言……」

「你——」

「好啦，我會監督！我會監督！」厲心棠忙拉住他，「我不會一直麻煩你的！眞的！」

闕擎緩緩的看向厲心棠，那誠懇的眼神，可愛的面容，小女孩挽著他的手，閃閃發光的雙眼跟他保證。

「妳說的，最沒公信力！」

唰，伸手一抽，闕擎俐落的撐著沙發翻身往後，一溜煙地從狼人身後衝下一樓，這速度怎敵得過狼人？但他現在被拉彌亞的蛇尾捲住，動彈不得！

「吼——」

吼叫聲在闕擎離開「百鬼夜行」時還聽得清楚，他鬆了口氣，冷汗直冒。

不過身體的確舒服很多耶！那種病體虛弱的感覺消失了……吸血鬼還挺有一套的咧！

希望那杯黑七抹烏的東西裡面，沒有血啊！

沒騎腳踏車來，闕擎只能走完整條寧靜街，到了外面路口的共享腳踏車站，才能騎車回家。

只是才牽好車，他又看見馬路對面熟悉的人影。

對方似乎也不避諱，甚至朝他揮了揮手。

闞擎開啓無視的跨上腳踏車，每當這個時候，他就會覺得……其實不管是水鬼還是「百鬼夜行」的狼人，都比這些人直接多了！

金子霖身上戴著重重枷鎖，在黑暗中等待著鬼差的到來。

他已經委託「百鬼夜行」代爲談判協商，但殺生的他，再如何斡旋也難逃地獄刑罰。

再一刻鐘，地獄就會派人來提走他了。

只是原本爲抓狂暴怒的他，此時卻安靜的站在地獄門前等待。

「車子，」明翰在安全距離中，喚了他，「或是……叫你金子霖。」

全身滴著血紅水的厲鬼一怔，緩緩回頭。

「我來送你最後一程……」明翰禮貌的說，「我眞的覺得，或許有別條路可以選。」

「沒有。」金子霖深吸了一口氣，「每條路都有後遺症，我弟撐不過去的。」

他已經通盤想過了嗎？明翰很難受，他就知道金子霖是清醒的。

「該受的懲處逃不過，你還是……加油。」明翰忍不住流下淚水，「我在河裡等你。」

金子霖笑了起來，他回過頭，笑容裡也盈滿悽苦，「你眞的要當水鬼一輩子啊？」

「當人多慘啊，不是被逼著要好成績，就是要被媽媽殺掉！」明翰聳了聳肩自嘲起來，「當個水鬼多自在。」

「是啊，所以下地獄我一點都不怕。」金子霖亦滿臉泰然，「我最怕讓我再成爲人。」

「希望你能再回到河裡。」明翰很想上前與他擁抱，但因爲金子霖已變異，非常不妥，狼人怕他會被吸走。

金子霖只是點點頭，他龐大的身體裡有許多亡靈在哀鳴與求救，但是……這裡面沒有明翰的生母。

他也不知道明翰生母何時被抽走的，但至少……應該不會再影響明翰、或亂抓交替了吧？

「走了，明翰！」狼人推開明翰，時間快到了，這一區即將淨空。

明翰退後著，狼人拉下開關，石門從天花板緩緩降下，相伴十年，擁有扣子緣分的水鬼朋友，最終消失在視線中。

「我生母也會一起下地獄吧？」明翰幽幽問著，「可以的話，我眞希望她跟我哥哥們道歉。」

想起一切後的他，也知道了哥哥們早就抓交替離開了，幸好。

狼人說不知道，他不是「百鬼夜行」的正職員工，很多事都不清楚，今天在這裡是因爲萬一厲鬼變異，他的體型與力量，較能第一時間暫時鎭住他。

但事實上，在這裡底下某一個空間裡，有著一片靜寂的海，海裡沒有任何生物，只有一個亡靈。

雪姬正悠然的踏步於水面上，睨著躺在水底下的女人，她痛苦的躺在水底，上頭被重物壓著，一瞧見雪姬，立即伸長了手喊救命。

她被從金子霖身上分離出來，雖身爲水鬼，但老大還給她人類的特權「呼吸」。

所以她無法在水裡自由呼吸，她是水鬼、死不了，但是卻會跟人類一樣被水灌滿肺部、痛苦痙攣，也無從抓交替，永生永世承受溺斃掙扎的痛苦。

「什麼？哎呀，我都聽不到耶！」雪姬蹲在水面上，冷冷的朝著水底笑著，「妳當初不也是聽不見妳孩子的哭喊聲嗎？」

尾聲

又是滿月，小小的女孩浮出水面，感受著寧靜的時光。

張開掌心，她滿意的把玩著手裡一枚嶄新的戰鬥陀螺，跟明翰之前弄丟的有點像，希望孩子會喜歡。

那是個可憐的孩子，撕心裂肺的叫聲驚醒了她，她從未感受到如此強烈的求生意志，卻又被如何強制的往死亡拖去。

她看著鮮血進入河水，與他一起綁著的手足都已斷氣，但他卻還在那兒自己扯著繩子，想要離開這裡，直到水灌滿肺部為止；她鬆開了他身上的繩子，冷冷的看著稱爲母親的女人一眼，這種拖著孩子死的家長，全都該下地獄！

她讓孩子迅速以水鬼之姿清醒，不讓他輕易想起自己生前的事，那就沒有必要維持孩子的姿態，讓他成長吧！成爲青少年，再略修改成她喜歡的樣子，最後幫他換個名字。亡靈會失憶，但本性不會變，明翰果然是個貼心可愛的孩子，她非常非常寵愛他，幸好他也沒有想離開水裡的意思，與「百鬼夜行」交好她也從不覺得不妥，直到……他們養的人類女孩長大爲止。

爲什麼，突然要接人類的案子？「百鬼夜行」不是只接非人案件嗎？而且爲什麼還偏偏要接明翰的？

「所以，妳做了什麼？」

遠方傳來低沉的聲音，女孩倏地回身，看見河畔的樹稍上，竟盤踞著龐然大物！

「狼人？」是了，今晚是月圓，「你這樣貿然出現好嗎？」

即使現在是深更半夜，這樣跑到人類的地方，是傻了嗎？

「我家老大，有事想找妳談談。」狼人張開血盆大口，吼啊一聲躍上河面，唰地衝女孩身邊，一口叼走了她！

女孩不是沒有防備，但是……她的水居然不聽她的話了！怎麼可能——

「放開我——」

一輪明月高掛在天空，除了連醒著的亡者都來不及看清掠食者的樣貌。

當小小的女孩被摔進另一池水裡時，女孩出現幾萬年來難見的驚恐！她迅速回神，發現自己身處在一個半圓型、高數公尺的水族箱裡，眼前有一大扇玻璃，自己活像是水族館裡展覽的魚兒一樣，在藍色的水裡漂浮。那狼人盤踞在頂端，像是她想離開就要壓她回去似的，此時竟在移動上方巨石蓋，打算封住洞口！

「你做什麼！」女孩即刻引水向上，欲衝出水族箱，可是——水不爲所動？

緊接著，水滴成冰，寒冷迅速的漫延，一整池水在眨眼間結成冰塊，她在最後一秒將頭轉正時，只見雪姬曾幾何時站在外頭，隻手正貼著眼前的玻璃。

冰凍的水不再有起伏，狼人使勁的將頂蓋蓋上，再跳到前方；女孩意識仍在，聽著上頭覆蓋封死，狼人與雪姬站在她面前時，水也漸漸解凍。

接著，一公尺外的紅帘總算揭開，拉彌亞用一種殘虐的眼神望著她，只是沒說話，迎接「百鬼夜行」的主人們進入。

「啊……」冰終於回到水的姿態，小女孩試著想衝出頂蓋，卻無能爲力。

「做得太粗糙了，河妖，妳這幾萬年是白活了嗎？」俊逸的男人書生姿態，翩然而至，他最近喜好的妝扮風格還是沒變，「連一個人類都看得出端倪了，妳想騙我嗎？」

「……我不懂你在說什麼！」女孩拍著玻璃，「放我出去啊，我們井水不犯河水的！」

「妳這麼怕明翰想起一切，絕對不可能接受棠棠幫他找生前的足跡，爲了阻止棠棠，妳做了什麼？」一旁全身雪白、豔麗女鬼裝扮的女人勾起妖嬈紅唇也走了進來，「拉彌亞，闕擎怎麼問的？」

拉彌亞鬆開手，紅帘落下，這半圓型的空間裡只有水族箱裡的燈光照亮一切。

「他問我，小孩子的溺水的確能同時喚起明翰與媽媽水鬼的記憶，她找不到孩子、執著殺掉么子的想法可以理解，但媽媽水鬼執著於厲心棠的原因是什麼？」拉彌亞凝視著箱裡的女孩，「是啊，為什麼呢？」

「我怎麼知道！水鬼是互不干預的，抓交替更不可能干涉，那個媽媽要拖走誰，誰都管不著！」女孩盛怒的用力搥著玻璃，因為年紀太小，看起來煞是可愛！「那個女孩……或許是因為她守著那個小孩子，所以讓女水鬼忌憚！」

「是啊，大家都是這麼認為，也合理。」女鬼扮相的亞姐嘆了口氣，「但她只要專心拖走小孩子就好了，棠棠並沒有多大的威脅性……水鬼不會不知道，也犯不著針對棠棠，除非——」

女孩閃爍著眼神，除非什麼？

「除非有人加深了水鬼的疑慮，讓她認定棠棠會是個阻礙者，必須拖走她，才能獲得小孩子。」書生溫和一笑，「急著把孩子殺掉的母親其實不會想這麼多，棠棠也感受到她的急切但沒有恨意，可母親水鬼對她卻有殺意？暴雨那天，明明只要拉走孩子就行，卻偏偏也要帶走棠棠。」

咦？女孩有些緊張，他們怎麼都知道暴雨那天的事？

「因爲棠棠承接了明翰的案子，要替他找回生前的記憶，對妳來說很棘手吧！」亞姐略蹙眉，「河妖，妳怕明翰甦醒後會難受、會崩潰、甚至離開這裡，我們非常能理解，就像我們也開始做好棠棠有朝一日會自立的心理準備一樣，但是——」

但是，妳千不該萬不該，對厲心棠動了殺心。

眼前中國古代書生與女鬼扮相的男女，讓小女孩沒來由的開始發顫！

她其實並不清楚「百鬼夜行」這兩個老闆到底是什麼來頭，但是實力的懸殊她很明白，他們是無法捉摸的存在，甚至不是她這種妖類，更不是區區亡者能對付的，所有人都對「百鬼夜行」抱持敬畏之心不是沒有原因的。

「我……我不是故意的，我只是希望她能知難而退……」女孩開始求情，楚楚可憐，「生個病發個燒都沒關係，只要停止幫明翰調查……」

「明翰還是想起來了，而且他坦然接受，也沒有想離開河裡的意思。」雪姬幽幽的說，「甚至還認定妳比他生母強呢！妳做這麼多小動作，是否太多此一舉了？」

「我……我就是心慌啊！你們這是結果論，在這之前誰能肯定？」女孩難受的哭喊。

「無所謂，這其實不關我們的事，重點是妳動了棠棠。」亞姐斂起笑容。

「不……不是……」

「看在你是明翰乾媽的份子上，我就不做得太絕了。」書生溫文儒雅的趨前，「妳在這裡每天嘗點火刑，煮到蒸發再循環，就……待個一百年吧！」

「什、什麼？」女孩不可思議的怒吼，「你們無權這樣，我是河妖！我是那條河裡最資深的河妖，連河神都要讓我三分，你們——」

喊到一半，她陡然一怔，水溫變熱了！低頭看著身邊的水，溫度越來越高……這水族箱底下不是普通的火！河妖試著操控一切元素，但在這裡面她比一般水鬼還不如，甚至無法藉由這裡的水離開！

拉彌亞再度揭起紅帘，古裝扮相的男女輕巧的步出，狼人惡狠狠的搥著玻璃，低叱了聲活該，獰笑著也轉身離去。

「你不能這樣！你們不能——明翰會擔心我的！」

最後離開的是拉彌亞，連正眼都沒再多瞧一眼，女孩最終只能看著紅帘降下，瞬間她這水族箱裡的燈也暗去了。

就像以前在河底時，伸手不見五指的黑暗，水溫越高，她感受著被烹煮的痛楚。

「讓棠棠告訴明翰，說河妖去修煉了。」書生輕柔的交代著，「我會過一些河妖的力量給明翰，好讓他維持原本的生活品質。」

「是。」拉彌亞頷了首。

「百年之後，說不定明翰已經抓交替離開了。」亞姐勾起微笑，「這對河妖來說，應該比什麼都痛吧？」

叔叔看著她，微笑點頭。

百年的時間是很短，但要讓水鬼起心動念，抓個交替離開河裡，也不是太難的事。

水沸騰著，溫度不停升高，女孩小小的身體幾乎要爆炸了。

「不……不不不——」哇啊，啊啊啊啊啊！

剝！

「哎呀！」厲心棠心疼的看著被攪破的水煮蛋，「我不小心翻到了。」

「嗯哼。」闕擎直接用筷子撥開她的湯勺，「妳就不要再攪了。」

「我乾脆讓它變蛋花？」她歪著嘴，一臉惋惜。

「這樣放著也能成六分熟的。」他從容的從自己火鍋裡撈起了半熟蛋，「這顆先給妳。」

嗚哇！厲心棠雙眼亮了起來，立即端起碗去接，怎麼煮得這樣可愛這麼剛好啊！

「謝謝！」厲心棠開心極了，「你眞好！」

「這是慶祝妳康復，僅此一次。」他隨口說著，雙眼盯著她鍋裡那顆蛋。

厲心棠完全康復，他們兩個今天去醫院複診，已經確定是百分之百健康的人了！所以一出醫院厲心棠就說要請客，請他吃個小火鍋。

熟度差不多時，闕擎動手撈出她鍋子裡的蛋，厲心棠倒是朝他身後瞄著。

「我覺得啊……你最近有做什麼事嗎？」她小小聲的問著，「好像有人跟著你耶！」

闕擎撈蛋的手一顫，差點又弄破蛋，壓制住回頭的衝動，將蛋好整以暇的擱到自己碗裡。

「妳不要一直看他們吧，他們不是針對妳。」他也自然的回應。

「我知道啊，之前住院時我就留意過了，是跟著你的，有一個男人是固定班底，另一個偶爾出現。」厲心棠緊張的湊前，「你怎麼了嗎？」

「我沒怎麼了，所以他們不能拿我怎麼樣。」闕擎露出難見的笑容，「快吃吧！不是說還要吃冰！」

「對！」厲心棠聳了聳肩，「喂，有狀況我可以幫你喔！」

「不必，這件事完全別管。」闕擎從容以對，「過好自己的日子就好。」

厲心棠明白的點著頭，嘴裡還哼起了歌，右手上的蕾絲戒指滑過一絲銀光，在銀光中，似乎還藏著一抹紅。

坐在窗邊的闕擎向外望去，眼前的火鍋正沸騰的噗嚕噗嚕，對面坐一個很吵很煩的傢伙，但他突然有種心靜的感覺。

那條河裡的生態變了，厲心棠應該不知道。他不知道發生什麼事，但的確有什麼事情改變了，爲了不破壞這片刻寧靜，他還是別說了。

他突然端起紙杯，拿著紅茶對向她。

「恭喜康復。」

嘻！厲心棠趕忙放下筷子，兩手端起自個兒的可樂。

「恭喜恭喜！」

「我希望不要再接到妳的電話。」

「……」

後記

百鬼夜行，一鬼一故事。

第二集呈現的是，每逢鬼月知名度最高的——

水鬼其實是種很妙的鬼群，舉凡溺死都叫水鬼，但很奇怪，好像水鬼有項天賦技能是「抓交替」，只有他們會抓交替似的，每次只要飄月有人在溪水或海水溺斃，大家都會說是抓交替。

之前也聽過有人說某條溪水在某些部族心目中是聖地，因爲過去都在那兒進行獻祭，但後來一堆觀光客都跑去玩，也不管那兒是危險水域，反正每個人都會認爲自己絕對不會出事。

但有陰陽眼的人往上走時卻看見，那兒有一大堆密密痲痲的水鬼橫亙整條溪水，伸長手等著抓交替哩！

因爲水鬼也查了很多資料，發現溪水比海水危險許多，常有漩渦隱藏其中，而且一般人似乎覺得溪水淺，相對比較粗心大意，殊不知危險就藏在裡頭。

之前恰好看見一組溯溪教練在自我訓練，休息時恰巧看見一群年輕人在跳小瀑布（不到一層樓高），結果第一個人跳下後沒游出來，在瀑布下轉圈圈，第二個人跳下去也在轉圈、第三個亦然，教練們見狀不對，拋出繩子，把他們一個個拉出來。

第一個跳下的人說，一下去就被漩渦捲住了，所以只能在瀑布下繞著圈，他曾使勁游卻游不出來，後來就沒有力氣游出去了，其他夥伴也都一樣，換言之，如果沒有剛好遇到旁邊有群溯溪教練，那他們一行人只怕最後就是體力耗盡而……

但他們並非眞的大意，其實那個地方他們很常去玩、很常跳那個小瀑布，從未有過漩渦……

水眞的太難捉摸了啊！

「百鬼夜行」一本訴說一個鬼的故事，這次的水鬼其實至少用到了兩個時事加以「改寫」，我有改寫了不是眞實；一個是所謂的虎爸虎媽，很遺憾至今還是有覺得分數勝於一切的爸媽，認爲沒考上第一志願孩子就是廢物的父母，你的孩子不是你的孩子，未曾間斷的在人世間上演。

至於攜子自殺也一樣層出不窮，其實是殺人再自殺，因爲小孩子根本不是自願死亡的；每次都令人懷疑，父愛母愛究竟多強大？強大到非殺了孩子不可？有誰問問孩子，他真的想死嗎？

生下他，不代表有權可以殺死他，那種「我給你命，所以可以收回」，未免太張狂。

但遺憾的是，即使張狂，這些大人還是能輕易要了孩子的命。想想都覺得可憐，但有時卻無法避免的覺得這似乎就是命啊。

來說點輕鬆的，八月十六的百鬼簽書會超熱鬧的，好～久沒辦簽書會，終於能再見到大家真開心！那天連繪者大人B子都親自蒞臨，美麗的封面令人愛不釋手，我還小小COS一下封面的林投妹子！

暑假除了簽書會外，大家是否玩得不亦樂乎？身在平行世界的台灣，近來國內開始報復性旅遊後，我便很乖的待在家裡，不跟大家擠喔！我等大家開學了，再慢慢找平日度假去！雖然只能在國內玩，但領會國內風光山水也不錯，更希望國內旅遊可以趁機提高品質，住宿費不要總是貴到扯就好了……

去年鬼月在粉絲專頁隨筆的《制裁列車》有望於今年成書，而今年鬼月我玩票性的在電子書規劃了一本電子名家短篇合集，作者有龍雲、星子、尾巴MISA跟我，意外地竟也受到青睞！應大家要求，加上有出版社有興趣，所以這個電子書的短篇合集也有機會變成實體書，只是故事跟作者組成會調整，跟電子書版本的不盡相同，這個要請密切注意粉專書訊囉！

其實還有一堆新企劃在安排中，希望明年可以呈現更多不同種類且有趣的書給大家，也請大家好好照顧荷包君，它遲早要失血的嘛！

至於下一集要來說誰的故事呢？大家也可以猜猜看，知名度亦頗高，而且是咱們本土的喔！

最後，由衷感謝訂閱購買這本書的您們，購書才是對作者最實質且直接的支持，沒有您們的購書，作者便無法繼續書寫下去，眞的謝謝你們！

笭菁

境外之城 112

百鬼夜行卷2：水鬼

作　　者／笭菁
企畫選書人／張世國
責任編輯／張世國
發 行 人／何飛鵬
副總編輯／王雪莉
業務經理／李振東
行銷企劃／陳姿億
資深版權專員／許儀盈
版權行政暨數位業務專員／陳玉鈴
法律顧問／元禾法律事務所　王子文律師
出版／奇幻基地出版
城邦文化事業股份有限公司
台北市 104 民生東路二段 141 號 8 樓
電話：(02)25007008　傳眞：(02)25027676
網址：www.ffoundation.com.tw
e-mail：ffoundation@cite.com.tw
發行／英屬蓋曼群島商家庭傳媒股份有限公司城邦分公司
台北市 104 民生東路二段 141 號11 樓
書虫客服服務專線：(02)25007718・(02)25007719
24 小時傳眞服務：(02)25170999・(02)25001991
服務時間：週一至週五09:30-12:00・13:30-17:00
郵撥帳號：19863813　戶名：書虫股份有限公司
讀者服務信箱 E-mail：service@readingclub.com.tw
歡迎光臨城邦讀書花園 網址：www.cite.com.tw
香港發行所／城邦（香港）出版集團有限公司
香港灣仔駱克道 193 號東超商業中心 1 樓
電話：(852) 2508-6231 傳眞：(852) 2578-9337
馬新發行所／城邦（馬新）出版集團
【Cite(M)Sdn. Bhd.(458372U)】
11, Jalan 30D/146, Desa Tasik,
Sungai Besi, 57000 Kuala Lumpur, Malaysia.
電話：(603) 90578822　傳眞：(603) 90576622

封面插畫／Blaze Wu
封面版型設計／ Snow Vega
排　　版／極翔企業有限公司
印　　刷／高典印刷有限公司
■2020 年（民 109）10 月 6 日初版一刷
■2023 年（民 112）7 月 19 日初版5.5刷

售價／320元

國家圖書館出版品預行編目資料

百鬼夜行卷 2：水鬼 / 笭菁著 .-- 初版 .-- 台北市：
奇幻基地出版；家庭傳媒城邦分公司發行；
2020.10（民 109.10）
面：公分 .--（境外之城：112）
ISBN 978-986-99310-4-5（平裝）

863.57　　109013263

本書中文繁體字版由作者笭菁授權奇幻基地在全球獨家出版、發行。
Copyright © 2020 by 笭菁（百鬼夜行卷 2：水鬼）

ALL RIGHTS RESERVED
著作權所有・翻印必究

ISBN 978-986-99310-4-5
Printed in Taiwan.

※ 本故事內容純屬虛構，如有雷同，純屬巧合。

城邦讀書花園
www.cite.com.tw

廣　告　回　函
北區郵政管理登記證
台北廣字第000791號
郵資已付，免貼郵票

104台北市民生東路二段141號11樓

英屬蓋曼群島商家庭傳媒股份有限公司城邦分公司 收

請沿虛線對摺，謝謝

每個人都有一本奇幻文學的啓蒙書

奇幻基地官網：http://www.ffoundation.com.tw
奇幻基地粉絲團：http://www.facebook.com/ffoundation

書號：**1HO112**　　書名：百鬼夜行卷2：水鬼

請於此處用膠水黏貼

讀者回函卡

謝謝您購買我們出版的書籍！請費心填寫此回函卡，我們將不定期寄上城邦集團最新的出版訊息。

姓名：＿＿＿＿＿＿＿＿＿＿＿＿　性別：□男　□女

生日：西元＿＿＿＿年＿＿＿＿月＿＿＿＿日

地址：＿＿＿＿＿＿＿＿＿＿＿＿

聯絡電話：＿＿＿＿＿＿＿＿傳真：＿＿＿＿＿＿＿＿

E-mail ：＿＿＿＿＿＿＿＿＿＿＿＿

學歷：□1.小學　□2.國中　□3.高中　□4.大專　□5.研究所以上

職業：□1.學生　□2.軍公教　□3.服務　□4.金融　□5.製造　□6.資訊

□7.傳播　□8.自由業　□9.農漁牧　□10.家管　□11.退休

□12.其他＿＿＿＿＿＿＿＿

您從何種方式得知本書消息？

□1.書店　□2.網路　□3.報紙　□4.雜誌　□5.廣播　□6.電視

□7.親友推薦　□8.其他＿＿＿＿＿＿＿＿

您通常以何種方式購書？

□1.書店　□2.網路　□3.傳真訂購　□4.郵局劃撥　□5.其他

您購買本書的原因是（單選）

□1.封面吸引人　□2.內容豐富　□3.價格合理

您喜歡以下哪一種類型的書籍？（可複選）

□1.科幻　□2.魔法奇幻　□3.恐怖　□4.偵探推理

□5.實用類型工具書籍

為提供訂購、行銷、客戶管理或其他合於營業登記項目或章程所定業務之目的，英屬蓋曼群島商家庭傳媒（股）公司城邦分公司，於本集團之營運期間及地區內，將以電郵、傳真、電話、簡訊、郵寄或其他公告方式利用您提供之資料（資料類別：C001、C002、C003、C011等）。利用對象除本集團外，亦可能包括相關服務的協力機構。如您有依個資法第三條或其他需服務之處，得致電本公司客服中心電話 (02)25007718請求協助。相關資料如為非必要項目，不提供亦不影響您的權益。

1. C001辨識個人者：如消費者之姓名、地址、電話、電子郵件等資訊。
2. C002辨識財務者：如信用卡或轉帳帳戶資訊。
3. C003政府資料中之辨識者：如身分證字號或護照號碼（外國人）。
4. C011個人描述：如性別、國籍、出生年月日。

對我們的建議：＿＿＿＿＿＿＿＿＿＿＿＿

請於此處用膠水黏貼